4ª INSTÂNCIA

Matheus Marcilio

4ª INSTÂNCIA
Copyright © 2025 por Matheus Marcilio

Todos os direitos reservados. Impresso nos Estados Unidos da América. Nenhuma parte deste livro pode ser utilizada ou reproduzida de qualquer forma sem permissão por escrito, exceto no caso de breves citações incorporadas em artigos críticos ou resenhas.

Este livro é uma obra de ficção. Nomes, personagens, negócios, organizações, lugares, eventos e incidentes são produtos da imaginação do autor ou são usados ficticiamente. Qualquer semelhança com pessoas reais, vivas ou mortas, eventos ou locais é inteiramente coincidência.

Editor:
Matheus Marcilio

Diagramação:
Matheus Marcilio

Capa:
Osvalter Urbinati
https://www.osvalter.com

Para informações sobre Matheus Marcilio contate:
https://www.instagram.com/mattmarcilio

Primeira edição: Janeiro de 2025

ESSE LIVRO SERÁ CENSURADO NOS 26
ESTADOS E DISTRITO FEDERAL.

ENQUANTO ISSO NÃO ACONTECE, LEIA, MAS
LEMBRE-SE:

A TORRE DE VIGIA ESTÁ TE VENDO.

ÍNDICE

1. A Peste 1
2. Norde 21
3. O Oráculo 32
4. O Consórcio 39
5. O Capitão 49
6. Nine 56
7. A Seita 65
8. O Livro da Capa Preta 72
9. Todes 81
10. Gabinete do Ódio 87
11. A Torre de Vigia 93
12. Faroeste Calabouço 105
13. A Última Instância 114

À minha esposa, Gabi, por quem me apaixonei desde a primeira vez que a vi e decidi passar o resto da minha vida ao seu lado.

Ao meu filho, Carter, que despertou sentimentos dentro de mim que não sabia que existiam pois descobri que nasci para ser pai.

À minha mãe, Fernanda, sempre atenciosa e amável na minha criação.

Aos meu sobrinhos Lorenzo, Kahra, J.R., Leon e Levi.

Amo vocês.

Ao meu pai Magno, personagem principal desse livro.

Saudades.

"Por mais que a abelha explique à mosca que a flor é melhor que o lixo, a mosca não entenderá, pois cada um vive a sua verdade."
- Desconhecido

CAPÍTULO 1

A Peste

Era o início do inverno quando a primeira pessoa foi infectada. 2020, treze. Paco tentava abrir os olhos, mas os sedativos deixavam suas pálpebras pesadas. Estava confuso, não sabia que local era aquele. Tentava falar, mas um tubo que ia dentro da sua traqueia não o deixava. A enfermeira de plantão, que o estimulava a acordar, disse que ele estava em coma por algumas semanas e logo em seguida saiu da sala para atender os pacientes espalhados em macas pelos corredores. Havia filas quilométricas que dobravam quarteirões.

Campos de futebol de todas as cidades foram convertidos em UTIS–Campos de Recuperação. Alguns dias depois, Paco teve uma melhora e o efeito das drogas começava a passar. Era um milagre, pois fazia parte da zona de risco. Ao começar a retomar sua consciência, olhou para a parede e viu uma placa escrito: O UNGIDO ESTÁ VOLTANDO.

4ª INSTÂNCIA

Estava proibido o trânsito nas ruas; pessoas não podiam sair das suas casas. Os panfletos sujavam as ruas com os dizeres:
A TORRE DE VIGIA ESTÁ TE VENDO
A TORRE DE VIGIA ESTÁ TE VENDO
Com o lockdown decretado, os governadores fecharam o cerco ao cidadão de bem que precisava de trabalhar para sustentar a sua família, diminuindo o transporte público. Sessões de supermercados eram plastificadas para que o público só comprasse o necessário. Quem era saudável era obrigado a se confinar em casa.

"Fique em casa... Distanciamento social..." era só o que se escutava nas TVs que ficavam nas vitrines das lojas.

Os Lacradores fiscalizavam aqueles que iam para festas clandestinas. Eles espalhavam cartazes escrito VIVA A CIÊNCIA pelas ruas da cidade. Foi criada a classe de trabalhos essenciais, como se outros trabalhos não fossem. O distanciamento social era reforçado diariamente e a máscara se tornou um ornamento mandatário. Para entrar em estabelecimentos era preciso um passaporte vacinal. Uma verdadeira ditadura sanitária já que as medidas tomadas não tinham comprovação cientifica. Qualquer um que levantasse alguma dúvida sobre a conduta era taxado como Negacionista.

Os megafones públicos usados em caso de guerras e catástrofes ambientais anunciavam em alto e bom tom:
A TORRE DE VIGIA ESTÁ TE VENDO
A TORRE DE VIGIA ESTÁ TE VENDO

Toda informação sobre a peste, antes de ser publicada, passava pela Torre. Na verdade, toda informação em geral. A Torre conectava-se aos satélites e recebia sinais de todas as torres transmissão, emissoras de telecomunicação, rádio e telefone. Todo aparelho que conectasse a internet estava praticamente conectado à Torre.

Pouco se sabia sobre a peste que se alastrava globalmente. A princípio, especulava-se que ela se espalhava com o contato, por isso o inefetivo distanciamento social. Mas pessoas que ficaram em casa foram contaminadas, o que leva a crer que o contágio também era pelo ar. Os Negacionistas—também conhecidos como Terraplanistas—especulavam que a peste havia sido criada e manipulada geneticamente em um laboratório em China Town, pelo fato de nenhum cientista ter descoberto o animal hospedeiro. Depois de muito tempo, a OMS—Organização Mundial de Saúde—foi liberada a visitar China Town, depois de anos, com um acesso bem limitado, e não encontram nada. Pelo menos isso foi o que disse o relatório. Era como se um vigilante sanitário fosse fiscalizar um restaurante e era impedido de dar uma olhadinha na cozinha. Vídeos de aviões despejando uma substância de cor verde nos céus circulava pela internet, mas os Intelectuais diziam que era tudo teoria da conspiração.

O planeta estava passando por algo nunca visto antes, pelos menos com essa magnitude. Isso para não mencionar os efeitos causados pela quase Terceira Guerra Mundial que havia acontecido no passado. A enorme nuvem escura que cobria grande parte dos

4ª INSTÂNCIA

continentes da Terra era consequência de um teste mal concluído de uma ogiva nuclear Tsar; ambientalistas culpavam o aquecimento global e a produção de monóxido de dióxido de carbono. O fim do mundo dava indícios de estar próximo, era só o início das dores.

Paco era um jovem ex-vereador da cidade de Santa Bárbara. Falava que Tupac não havia morrido e vivia lá. No seu braço direito, tinha tatuado o rosto de Tiradentes com os dizeres LIBERTAS QUAE SERA TAMEN. Uma das razões que não gostava do Rio—local onde Tiradentes foi martirizado—além da superexposição da cidade, como se fosse mais bonita que as outras. A mídia tratava o Rio como um pai que acha o seu filho mais bonito que os demais. Não gostava da seleção também pois só convocavam jogadores do Rio e São Paulo—O Eixo do Mal.

Era tranquilo e levava a vida com leveza, não usava relógio nem cueca. Quando mais novo, circulava em sua moto com uma anã na garupa e gostava de tomar um gelinho no boteco copo sujo do Sô Vicente. Com um humor diferenciado, todos gostavam dele pela sua simplicidade. Não tinha vaidade. Era boca suja e falava palavrões, porém tinha uma única palavra não que não falava—desgraça. Acreditava que essa palavra poderia trazer algo ruim para sua vida. Uma coisa levou a outra que culminou a seguir a carreira política. Tinha boas ideias e as queria colocá-las em prática. Franzino e sedentário, fumava um março de Carlton por dia, por isso as complicações na sua recuperação. Gostava mesmo era de ficar sentado no sofá de sua sala, que tinha um cheiro de murrinha no local onde se sentava.

Milhões de pessoas foram dizimada pela peste. O vírus, que era como micro gafanhotos que entravam na corrente sanguínea e dilaceravam os órgãos internos, estavam com os seus dias contados. Havia muita resistência em deixarem os médicos prescreverem os seus pacientes, e taxavam o tratamento precoce como ineficaz. Muitas vidas foram ceifadas, não pela peste em si, mas por causa da guerra política e ideológica.

Havia um coquetel com diversas substâncias, uma delas como composição similar ao cloro. Os que defendiam o tratamento precoce eram taxados como Negacionistas e anti-ciência, porém milhões de vidas foram salvas pelo tratamento, mesmo sem comprovação.

O antídoto era para ter sido divulgado mundialmente, porém as Big Pharmas faziam de tudo contra o tratamento, pois queriam lucrar com um imunizante. Taxavam ele como ineficiente, pois sabiam que o custo seria mínimo e queriam lucrar bilhões de dólares. Foi uma questão de tempo e produziram o imunizante. Ele foi aplicado de forma emergencial e pessoas foram tratadas como ratos de laboratório. O imunizante não impedia com que as pessoas fossem contaminadas pela peste, mas diminua a severidade dela. Os efeitos colaterais do imunizante nunca eram divulgados, e o número de doses sempre aumentava. Alguns empregadores forçavam seus empregados a tomarem ele. Beneficiários de assistência social também.

Existiam quatro tipos de reações à peste: os que não eram infectados, os que eram infectados e não sentiam sintomas, os que eram infectados e sobreviviam e os que vinham a óbito. Os que não eram infectados e os que não sentiam sintomas, ninguém sabia o porquê. Era como e eles tivessem um selo e não podiam ser tocados pela peste.

Os que eram contaminados não sobreviviam provavelmente tinham algum tipo de comorbidade. A obesidade era a o principal motivo, já que ela desencadeava outras doenças. A cultura de inclusão passara dos limites de tal modo que obesidade foi romantizada. Os médicos já não a tratavam com seriedade. O marketing e publicidade das marcas de roupas famosas, que no passado usavam modelos bonitas e magras, passaram a usar como modelos pessoas feias e gordas. Enfatizavam em suas campanhas que deveríamos amar o seu corpo. Termos como gordofóbicos foram criados para conscientização e diminuir o bullying, porém o efeito foi outro—a procrastinação.

Após passar por uma experiencia no qual se via à beira da morte, Paco começou a questionar o seu propósito existencial, vendo que acabara de viver um milagre.

"Quase fui pro site," disse ele ainda na cama do hospital.

Pensou sobre o que viveu nos últimos dias internado. O tubo de oxigênio já havia sido retirado e o soro com o antídoto era aplicado na sua veia. As paredes dos corredores do hospital onde estava internado estavam pixadas:

LOCKDOWN - FIQUE EM CASA - USE MÁSCARA
LOCKDOWN - FIQUE EM CASA - USE MÁSCARA
LOCKDOWN - FIQUE EM CASA - USE MÁSCARA
LOCKDOWN - FIQUE EM CASA - USE MÁSCARA

O coma foi um detox de anos e anos de lavagem cerebral, essa feita pela mídia. 24 horas por dia 365 dias por semana. Não entendia o porquê de passar por tudo isso e porque ele saíra vivo, já que a maioria em suas condições não. Questionava se existia algo maior ou se tudo que ele precisava estava nos livros de Karl Marx. Sentia um vazio grande no seu peito com uma angústia e buscava satisfação e relevância. O medo tomava conta de sua vida e queria paz. Enquanto olhava para a janela do quarto onde estava internado, começou a falar sozinho sobre o sonho que teve quando estava induzido:

"Eu estava afundando em uma areia movediça avermelhada. No começo ela batia nos meus pés e eu não me importei, pois havia mais pessoas junto comigo. Afundei um pouco mais e a areia estava no meu calcanhar, e estava tranquilo pois poderia sair dali a qualquer momento. Fui descendo e a areia bateu no meu joelho, e ali estavam menos pessoas do que no começo. Sair daquela situação não era tão fácil, mas se fizesse um esforço conseguiria. Quando a areia chegou no meu quadril, o desespero bateu, pois já não tinha como sair do banco de areia que me sugava. Ao chegar ao meu peito, eu estava totalmente imobilizado e sozinho, e quando chegou no meu pescoço eu gritei: Socorro!

Rapidamente, dois braços fortes se estenderam me puxaram dali. Quando saí da areia movediça, meu corpo não estava sujo de areia e minhas roupas eram alvas

4ª INSTÂNCIA

como a neve. Na minha camisa de linho havia um broche verde e amarelo."

Após receber alta do hospital, Paco caminhou pelo estacionamento e entrou no seu Fiat 147—o Jóinha. Ano 1984, cor amarela, Jóinha não tinha os faróis da frente nem o banco do passageiro. Quando finalmente Paco teve condições de comprar os faróis, era um dia chuvoso e um motorista de um carro velho bateu no Jóinha e os dois faróis caíram no chão. O homem entrou no Jóinha pela porta do passageiro, pois chovia muito e, desesperado, sem ter como arcar com o conserto, pedia desculpas. Paco, comovido pela situação do homem, falou que não precisava de pagar.

Ele não era materialista e vivia o que acreditava. Não se adaptara aos smartphones sofisticados e tinha um Nokia onde jogava o jogo da minhoquinha. Apesar disso, usava as redes sociais para conversar fiado sem medo do Inquérito do Fim do Mundo, que poderia lê-lo e prender por crime de opinião. Mas sabia que quanto mais analógico, era melhor.

"Eu nasci há dez mil anos atrás," cantava no caminho de volta para casa com seu braço do lado de fora da janela enquanto a brisa desarrumava seu cabelo preso para trás. Sua mão tinha uma tatuagem de um sol, cachoeira e pirâmide feita por ele mesmo com uma agulha.

O carro balançava ao entrar na estrada de terra. Ele vivia sozinho em um chalézinho em Minas, na beira da lagoa de Mombaça, próximo a Ouro Branco. Era vizinho do seu amigo Luiz Vovô. O chalé era todo de madeira por dentro e por fora. Minimalista, tinha uma cadeira de papai reclinável e uma mesinha de centro, em cima de um tapete, onde colocava seu pezinho de elefante— apelido dado por ele mesmo por consequência de um princípio de paralisia infantil na sua infância. A cozinha tinha azulejos portugueses em cima da bancada de concreto, um filtro de barro e um bule de fazer café ficava dependurado na parede, estilo casinha de vovó. A única foto preto e branco que tinha com seus 8 irmãos— alguns exilados na América —ficava pendurada em cima da lareira. Não se tinha muita informação sobre o paradeiro deles. A lareira queimava lenha e as portas da varanda ficavam sempre abertas. No seu quintal, tinha um deck de madeira onde se assentava à tarde para tomar um cafezinho com uma vista da lagoa. De vez em quando, o sol brilhava lá como em poucos lugares do mundo, já que o tempo na maioria ficava escuro. Avistava o topo da Torre de trás das montanhas.

Paco se sentou na privada do banheiro de empregada, ligou seu radinho de pilha vermelho para escutar as notícias do Cabuloso na Itatiaia.

"Jogador de futebol é tudo burro," falou sozinho.

Não gostava do que era dito na televisão e era crítico de tudo que via. O sensacionalismo e a manipulação da opinião pública o irritavam. Antes de começar a programação esportiva, a voz macabra anunciava no meio da transmissão esportiva:

A TORRE DE VIGIA ESTÁ TE VENDO

A TORRE DE VIGIA ESTÁ TE VENDO

Era rotineiro o anúncio. Ele estava em todos os lugares. Nas ruas, estabelecimentos públicos, meios de comunicação.

4ª INSTÂNCIA

Olhando o sol se pôr na lagoa, começou a contemplar a beleza da natureza. As árvores, os peixes, os passarinhos, o universo. Paco acreditava no Altíssimo, mas era cético sobre o Livro da Capa Preta. Era um livro muito cobiçado, pois já havia sido banido mundialmente, taxado como retrogrado, quadrado e fóbico. Um atraso para a sociedade. Todo ódio e divisão que havia no mundo, colocavam a culpa no livro. Eram pouquíssimas pessoas que tinham um exemplar. Se alguém tentasse subir uma cópia online em algum servidor da darkweb, o Inquérito do Fim do Mundo a removia na hora. O algoritmo buscava palavra por palavra. Em países onde a perseguição era ainda maior, os livros eram contrabandeados através de drones e em locais mais pobres as remessas eram feitas através de balões com pen drives amarrados.

Paco era de esquerda. Progressista nas questões econômicas e conservador nos costumes como a maioria dos esquerdistas mais antigos. Depois de quase partir, realizara que, se tivesse ido, não sabia nada sobre a vida após a morte. Tinha uma gratidão enorme por ter tido uma segunda chance e isso o fez mais humildade ainda. Repensava seus valores e queria buscar algo novo. Questionava se tudo que ele aprendeu na faculdade, ensinado pelos seus professores, era verdade ou se era um sofisma. Foi aí que ele lembrou de um episódio que seus professores fizeram chacota de um aluno que entrou na sala de aula carregando dois livros: o Livro da Capa Preta e uma das obras do Oráculo.

Paco tinha uma resistência ao Livro da Capa Preta, não gostavam daqueles que o liam. Mas como estava disposto a aprender mais, decidiu ir atrás de algum livro do Oráculo. Como ainda tinha que fazer a quarentena, dedicou mais tempo a leitura, já que era algo que não fazia com frequência.

O Oráculo era o guru dos Patriotas, aqueles que Paco a quem tinha aversão. Estes defendiam o tratamento precoce contra a peste e eram contra o lockdown, mas os Fact-checkers logo viam e checavam os fatos, colocando um aviso de FAKE NEWS. Os Fact-checkers eram pseudojornalistas que agiam como especialistas contratados pela mídia, fazendo uma análise parcial que concordava com aqueles que os contrataram. A análise era feita de tal maneira que qualquer verdade poderia se tornar uma meia mentira; era tudo uma questão de interpretação. A mídia já não reportava fatos, mas criava narrativas e manipulava a opinião pública. Ela tinha lado e sempre inclinava para a esquerda.

Paco molhava um pão de sal fresquinho com requeijão no seu café e meditava em tudo que acabara de viver. Sentado ali no seu deck, olhava para a lagoa que começava na sua doca onde tinha um barquinho. Uma tosse rouca vinha de tempos em tempos, junto com um pigarro e uma cafungada no nariz, sequela da peste. Decidiu parar de fumar. Era o primeiro passo de alguém que estava disposto a mudar.

Foi à biblioteca para buscar pelo livro do Oráculo. Com seu andar "tá fundo, tá raso"—consequência da paralisia infantil—entrou no Jóinha e dirigiu por alguns quilômetros até chegar em Santa Bárbara, cidade onde nasceu e viveu até seus 17 anos antes de se mudar pra BH.

4ª INSTÂNCIA

Na entrada da cidade, havia um checkpoint aonde militares fortemente armados checavam pelo passaporte vacinal. A chancela subia e descia assim que os carros eram liberados. O carro em frente do Jóinha foi barrado, e o homem que dirigia estava enfurecido pois não concordava com o decreto obrigava as pessoas a serem imunizadas e andarem com um comprovante, como se fosse uma forma de identificação. Seu carro tinha um adesivo com o brasão da república.

Ele começou a gritar com os homens fardados como forma de protesto, pois aquele decreto não era lei e ele não iria cumprir. Os militares abriram a porta do carro, tiraram-no do banco de motorista e o algemaram por desacato. Paco viu a cena e ficou indignado. A ditadura sanitária estava sendo imposta de ante dos seus olhos.

Os militares moveram o carro do homem que acabara de ser preso e acenaram a Paco que ele movesse seu carro. Ao chegar na chancela, um dos militares falou:

"Passaporte sanitário."

Paco não tinha um e resolveu dar uma carteirada.

"Sou um dos Manélzin," respondeu Paco. "Filho de Sô Manoel."

O cabo que que havia pedido o passaporte olhou para o seu tenente, que balançou a cabeça de baixo para cima liberando o acesso.

O saudoso Sô Manoel era considerado uma lenda na cidade de Santa Bárbara. Trabalhador, jogava baralho nas horas vagas, e uma vez apostou a sua filha em um jogo de truco e perdeu. Por sorte, o seu adversário era seu amigo e não aceitou o prêmio. Mas o que ele gostava mesmo era de trem, onde trabalhava de guarda-freio.

Um certo dia, Manoel, Enéias e Oranito saíram para trabalhar em uma viagem de trem que transportava minério. O maquinista Oranito, que havia ido a Aparecida pagar promessa, trouxe de presente para Enéias uma faca. Quando Manoel e Oranito foram tomar um café e abaixaram para pegar um lanche em suas bolsas, Enéias, que era auxiliar, achou que eles estavam cochichando sobre ele. De repente, em um surto psicótico, pegou a faca que tinha ganhado de presente de seu amigo Oranito, e cravou em seu bucho, levando seu próprio amigo a óbito.

Quando Manoel viu que ele seria o próximo alvo, puxou o freio de mão do trem e subiu para cima da cabine onde pilotava. Correu pelo teto do trem, pulando de vagão em vagão, até que chegasse no fim de trem e voltou a pé para Santa Bárbara para pedir ajuda. Oranito tentou fugir, mas foi preso e o fato ficou conhecido pela cidade de Santa Bárbara, onde Sô Manoel se tornou uma espécie de folclore.

Paco foi até à biblioteca, que ficava ao lado da antiga prisão da cidade. Seu teto tinhas vários andares de forma que havia um vão no meio e as estantes, todas de madeira com detalhes esculpidos a mão, eram conectadas até o topo. A biblioteca existia desde o período barroco, sendo um patrimônio histórico.

Ele subiu na longa escada de rodinha de tinha que movimentava de um lado para o outro, anexada à estante. Buscava o livro do Oráculo, mas não encontrou nada. Nem um livro dele se quer. Ou nada que parecia com o que o guru escrevia. A maioria dos livros tinha a

4ª INSTÂNCIA

capa vermelha, mas esses Paco já os conheciam desde a escola. Não acharia neles o que procurava.

Os livros de capa vermelha eram escritos por pessoas tinham uma ideologia igual a de Paco. Eles foram escritos do ponto de vista no qual já estava acostumado, de forma bem enviesada. Muitos livros haviam sido escritos deixando fatos relevantes de lado, dando um outro sentido à história. Sem falar nos que haviam sido reescritos e foram desconstruídos de tal forma que a história verdadeira tomasse um outro rumo, fazendo com que certos acontecimentos caíssem no esquecimento ou foram alterados para sempre.

Os autores pareciam não entender que gerações passadas tinham um outro comportamento. A sociedade era outra e as questões morais também. Era como se quisera apagar o passado e mudar a história. Muito do que era certo antigamente é errado hoje, o que era aceito já não é mais. Obviamente muitos erros aconteceram e não se pode passar o pano, mas isso não quer dizer que se deve apagar os acontecimentos. Exemplo dessa ignorância eram os Black Blocs que queimavam estatuas dos patriarcas acusando-os de racistas.

Paco não achou o livro que procurava. Desceu da escada e se sentou em um divã no meio do vão da biblioteca, olhando para o nada. Vagando. Pensava em dar um trago, mas a força de vontade era maior e logo mudava de pensamento. Talvez tenha sido uma perca de tempo essa fissura de ir em busca da verdade, sua cabeça vagava vendo todos aqueles livros de capa vermelha.

Eles tinham tons diferentes: uns eram vinho, outros vermelho escuro, vermelho claro. Vários com uma estrela amarela e vermelha neles. A maioria eram obras traduzidas de autores soviéticos.

De repente, Paco viu um dos livros que tinha uma aparência peculiar. Ele era mais grosso que os demais e a capa não era de couro. Levantou do divã e foi rumo a prateleira e, ao tentar levantar o livro, viu que estava preso a estante e achou aquilo estranho.

Começou a cutucar o livro e, quando colocou sua mão de trás e sentiu algo que parecia um botão e apertou. Escutou um clique e a parte da frente abriu como se fosse um cofre. Paco achou aquilo estranho, especialmente por estar em uma biblioteca pública, e quando olhou dentro, tinha um livro todo empoeirado da capa azul. Quando soprou para limpar ficou surpreso—era o livro do Oráculo.

Paco de um pulinho empolgado, dando um soco no ar de baixo para cima, mas logo se conteve para não chamar atenção. Jogou sua blusa por cima do livro para que ninguém visse. Abraçava o livro como se tivesse achado dinheiro no chão. Folheou rapidamente e viu que algumas páginas tinham sido rasgadas e a capa estava descascando.

"Pra quem tá pelado, suspensório é roupa," disse Paco conversando sozinho.

Começou a andar sentido a saída da biblioteca e viu que ali tinham dois segurança olhando para ele. O semblante deles eram fúnebres, pareciam zumbis. Paco era veaco, ia esconder o livro na sua cueca, mas como não usava uma, colocou-o por de trás da blusa e tinha que arrumar um jeito de sair dali sem ser notado. Foi caminhando em rumo a saída e soltou um peido silencioso, fedido igual ovo podre, e fedeu mais ainda porque sua calça jeans tinha um buraco no bolso de trás. Os seguranças levaram as mãos no nariz e fizeram ânsia de vômito com a catinga, e Paco foi saindo de fininho quando a recepcionista reconheceu que Paco era ex-vereador e o parou, dizendo:

"Mais clubes de livros, menos clubes de tiro por favor."

"Um povo armado jamais será escravizado," respondeu Paco, embora essas palavras não fossem suas.

A violência chegara ao seu maior índice, e os bandidos tinham armas enquanto o cidadão de bem não podia ter. Se um bandido tentasse contra a vida de alguém ou de sua família, os Esquerdopatas falavam que o mundo precisava de mais escolas, como se fosse possível mandar um homem velho de volta para a escola para aprender a ser um cidadão de bem. E como se fosse a escola que educaria a criança, e não os pais. Pessoas não intendiam que antes de falar de segurança pública, mais importante era a segurança privada.

Os seguranças, ainda passando mal, notaram que Paco estava com um relevo azul em forma de livro de baixo de sua roupa, e só poderia ser uma cópia do livro do Oráculo. Rapidamente correram atras dele, levantando seus cassetetes:

"Pare! Você não pode ler essa heresia!"

"Mira o piso! Olha o dinheiro o dinheiro ali," disse Paco, com seu portunhol apontando para o chão.

Enquanto os seguranças, sem entender o que Paco disse, olharam para o chão procurando algo, foi aí que ele deu o vazari e saiu correndo da biblioteca. Entrou no seu carro e foi para casa.

Passou pela praça em frente da antiga cadeia onde brincava quando criança com seus amigos Nozín Cabeça Roxa, Cêt' Naná e Tota-Tola—esse tinha a língua presa e não conseguia pronunciar Coca-Cola. Certa vez, tentou defender seu irmão Tilim, que caçou confusão com um menino trabalhador engraxate de sapato, e apanhou junto com ele. Bem-feito.

Viu o instituto onde estudou onde quase foi expulso quando um padre tentou bater nele—o Caraça. O prédio estava interditado, as portas estavam lacradas com fitas amarelas. O estudo presencial estava proibido, mesmo que o índice de mortalidade infantil fosse quase zero. Dirigia devagar para não ser visto pelos militares que jogavam uma senhora no chão pois exercitava ao ar livre. Ela gritava dizendo que não estava fazendo nada demais, e a colocaram no camburão só porque não usava a máscara.

A ficha de Paco estava caindo aos poucos com o que estava acontecendo, e um senso de revolta tomou posse dele. Chegando em casa, acendeu um cigarrinho de palha e logo em seguida o apagou. Havia esquecido que tinha parado de fumar.

"Risos," disse ele. Sempre quando ria, dava uma gargalhada, mas quando dava uma manota, pronunciava a palavra como por escrita.

Chegando em casa, foi logo para a varandinha e começou a ler o livro do Oráculo. Bateu sua mão contra a capa para limpar um pouco da poeira. Estava sedento por conhecimento que leu até o prefacio. As palavras do

4ª INSTÂNCIA

livro a princípio causavam um certo desconforto por ir contra tudo o que tinha aprendido. Mas estava com sua mente aberta para ver as coisas com uma outra ótica. Já era fim de tarde e fez um cafezinho, queria ficar acordado para continuar lendo.

Seus olhos lacrimejavam depois de horas lendo. Foi a sua miniadega, e encheu uma taça de vinho e cortou um queijo provolone que ficava pendurado na parede. Caminhou sentido a doca que se estendida pela lagoa, com livro debaixo do braço. Sentou-se perto do seu barquinho e colocou os pés na água. Olhou para o horizonte, do outro lado da lagoa, pensando na vida. Via a Torre de longe, acima das nuvens escuras. A parte de cima dela girava, era como se ela o acompanhara.

Ficou ali por uns minutos quando começou a escurecer, e ao se levantar, um pedaço de papel caiu do livro. Ele achou que era uma das folhas rasgadas, mas era um mapa da América com um X azul encima no estado da Virginia e coordenadas escritas em lápis na parte de traz. Sabia que o Oráculo havia sido exilado por aquelas bandas, e tinha grandes chances de ser o paradeiro dele.

Começava a esfriar e Paco entrou para a sua casa, sentou-se na sua cadeira de papai e continuou lendo livro. A linguagem do autor era bem simples, mas a construção do seu raciocínio era complexa o que levava ele a ler uma frase várias vazes até que entendesse. O fato de o livro ter páginas rasgadas dificultava mais ainda com que Paco conectasse os pontos entre os capítulos. Tentou buscar na internet para ver ser de alguma forma achasse algo não tinha nada. Toda menção sobre o

Oráculo era com conotação negativa e não tinha nenhuma de suas obras nas plataformas digitais. Elas eram banidas pelo Inquérito do Fim do Mundo. Nem um mero arquivo .pdf, nada. Posts em redes sociais eram apagados e perfis eram banidos.

Já era de madrugada quando terminou de ler e foi se recolher no seu recinto. Era muita informação para um dia só e precisava de cozinhar tudo em banho-maria.

No outro dia, Paco acordou todo empolgado. Somente um livro não seria suficiente para saciar a sua sede em busca de conhecimento. Queria mais. Foi aí que teve a ideia em ir atrás do Oráculo; não tinha nada a perder. Saiu da sua zona de conforto, arrumou sua mochila com meia dúzia de roupas—zero cueca—e seguiu ruma a América ao encontro do guru.

CAPÍTULO 2

Norde

Os ditadores Xing de China Town e Vlad da Nova União Soviética uniram forças e ensaiavam o que tudo indicava ser o governo mundial. Eles já governavam dez nações, e essas dez influenciavam outras dezenas. Os imperialistas mandavam no mundo através de governos proxies.

A guerra fria estava de volta, agora contra o que restava dos Patriotas. As demais nações aos longos dos anos, foram desmilitarizando suas forças armadas de tal forma que a maioria dos países já não tinham mais defesa. Fizeram isso de forma deliberada, consensual. Anos e anos de uma implementação ambiciosa da frente globalista e uma engenharia social perversa culminaram numa unificação global.

Os fins dos tempos levavam a humanidade ao início de tudo—a Torre de Babel. Eles achavam que se estivessem todos juntos, falando uma só língua, o mundo seria um lugar melhor. A igualdade social seria uma realidade, pois todos teriam o mesmo pensamento e a mesma posição, tornando a sociedade mais justa. Mas

4ª INSTÂNCIA

mal sabiam que a Torre de Babel era um projeto maligno. Os tijolos de barro representavam o esforço próprio do homem em tentar chegar aos céus. Por isso ela foi destruída e os seus construtores foram dispersados para os confins da terra.

O mapa mundial já estava quase todo vermelho. Itália e Hungria eram os únicos países que ainda mantinham suas cores originais na Europa; todos os outros já haviam sido tomados pelo regime. Alguns através de golpe de estado, outros aonde governos conservadores e liberais governaram como centro e acabaram perdendo o poder por incompetência. Don acabava de cair na América, abalado bela peste, e o Capitão era único que restava em pé. Era resiliente o chefe de estado da maior nação da América do Sul—Brazilia.

Todos os países da América Latina já estavam possuídos pelo regime, menos Brazilia. Ou pelo menos uma parte dela. Brazilia estava dívida entre duas províncias: o Sul e o Norte. O Sul era bastante desenvolvido devido a sua economia neoliberal e funcionava como a locomotiva de Brazilia. O Estado enxuto, junto à redução de impostos, fazia com que os empresários investissem mais nos seus negócios, gerando mais trabalho e fazendo com que o desemprego chegasse ao seu nível mínimo—o Pleno Emprego.

Os Justiceiros terceirizaram o que era de competência do executivo para os líderes dos estados de cada província do Sul e Norte. Amarravam as mãos do Capitão para trás, tentando imobilizá-lo. Fizeram isso como uma medida preventiva pois desconfiavam que o Capitão poderia dar um golpe, já que era o comandante das Forças Armadas. Sempre o acusavam de crimes futuro que ele possivelmente poderia cometer, todavia o Capitão era um democrata que jogava dentro das quatro linhas da Constituição.

Os Esquerdopatas construíram uma espécie de Cortina de Ferro que separava os as duas províncias. Uma longa barricada de arame farpado, pneus e cerol. Os trechos onde o acesso era mais fácil, foi erguida uma mureta de tijolos. O bloqueio percorria por quilômetros por terra, do Oceano Atlântico acima de Minas e curvava até o Golfo do Mexico no Norte. Parecia um novo muro de Berlin.

Quase todos da classe artística saíram do Sul de Brazilia e mudaram para o Norde. Atores, cantores e influenciadores digitais hospedavam em uma região de luxo—A Ilha. A Ilha era uma utopia na ótica dos Esquerdopatas e uma distopia para os Patriotas. Paraiso para um, inferno para outro.

Os Mundanos—artistas de alto escalão da Rede Mundo—queriam uma nação sem leis ou com leis menos rígidas e flexíveis, foram para lá. Queriam viver em um lugar onde não existia um suposto fundamentalismo e imperava a libertinagem. A constituição e o código penal não eram presados. Cenas de sexo explícito nas novelas, drogas liberadas, assassinato de bebês no ventre de suas mães, sexualização de crianças através de músicas eróticas. Tudo liberado.

"A Rede Mundo é o câncer de Brazilia," dizia Paco. "Lixo."

No Norde, os números de estupros batiam recorde. O termo "conjunção carnal" era mencionado nas

4ª INSTÂNCIA

manchetes frequentemente. A polícia já não tinham o porte de armas, somente um cacetete, lanterna, spray de pimenta e um apito. Os Intelectuais—parcela mais esclarecida da sociedade composta por cantores que foram exilados durante o Regime Militar—eram contra as armas e taxavam os policiais como milicianos. Infelizmente os policiais corruptos existiam, mas eram uma parte bem pequena. Uns eram criminosos antes de ingressar na academia de polícia, outros, devido à má remuneração, se corrompiam. Porém, a grande maioria eram homens honrados, de famílias simples, que tinham como juramento zelar pela ordem. Mas essa elite histérica insistia em dizer que os problemas nos guetos eram os policiais e não os traficantes. Os valores eram invertidos e vendidos pela falsa opinião pública, e tinha quem acreditava e comprava a ideia.

O cidadão de bem também não tinha a posse de arma, já os menores que graduaram da FEBEM andavam de 7.62. Os mesmos Intelectuais incentivavam a leitura de livros e o conhecimento como método de defesa. Eles acreditavam que violência gera violência e que o desarmamento seria o caminho que tinha que ser traçado para a diminuição do crime. Porém, o resultado era outro e o índice de crimes batiam recorde. Os Vulneráveis—eufemismo para jovens bandidos— roubavam celulares em plena luz do dia para tomar uma cervejinha. Muitas das vezes, as vítimas nem reagiam e mesmo assim os vagabundos as matavam. A legalização do tráfico também era vendida como uma solução para que a violência diminuísse, pois assim, os donos das bocas de fumo se transformariam em empresários e trabalhariam de forma legítima, pagando impostos como os demais. Os Intelectuais só pensavam no próprio nariz. Literalmente.

O Estado já não era mais funcional em Brazilia, na verdade nunca foi. A república não passava de uma republiqueta de banana. Toda democracia nasce de um golpe e a democracia é a arte de produzir uma ditadura sem nem perceber. Mas essa ditadura não era como a tal de '64, proclamada pelos militares. Essa era silenciosa, sem golpe de Estado. Não existia nem um contrapeso contra os Justiceiros e eles amordaçavam aqueles que os opunham. Bloqueavam perfil nas redes sociais de parlamentares democraticamente eleitos—isso quando não os caçavam—por postarem algo que ia contra o que eles taxavam como verdade.

Eles rasgavam a Carta Magna diariamente com interpretações infundadas. Não estavam ali por vontade popular, mas por indicações políticas de governantes passados. E sem um termo de mandato, se perpetuavam no poder. Todos tinham partidos políticos e egos inflamados. O Primeiro-Ministro do Senado não tomava as medidas cabíveis por um possível conflito de interesse, já que seu escritório de advocacia tinha uma ação bilionária que estava nas mãos dos Justiceiros.

A harmonia entre os três poderes, que sempre foi fictícia, era praticamente nula. Isso tudo porque o Capitão ia contra o sistema. Ele foi o homem responsável a colocar um ponto final ao modus operandis que havia na capital de Brazilia—O Capitólio. O Capitólio, que antes era no Rio, foi transferido para um distrito no centro de Brazilia anos atrás com o pretexto de uma

4ª INSTÂNCIA

possível iminente Terceira Guerra Mundial. Mas todos sabiam que, na verdade, era para que os políticos pudessem roubar. A cidade foi construída nos moldes da Cidade Ideal Comunista, sem esquinas e com um vasto espaço entre os prédios dos poderes. Assim, qualquer grande manifestação pareceria pequena e a voz do povo não teria força para cobrar aqueles que estavam lá. Nem o Papa, que arrastava multidões por onde passava, conseguiu mostrar para o mundo o número de seus adeptos em Brazilia quando passou pelo Capitólio, pois não parecia ser muita gente naquele vasto campo aberto.

O Capitão ressuscitou o patriotismo da nação. Resgatou o verde e amarelo da bandeira. Antes, ela era queimada, rasgada em pedaços durante manifestações nas ruas e nas universidades. Os últimos governantes desprezavam os símbolos nacionais e isso foi recuperado pelo Capitão. Chegaram até a muda a mudar as cores da bandeira. O verde foi pintado de preto, o amarelo era vermelho o azul ficou branco. Uma só estrela substituiu as vinte e sete. Era vermelha. E os dizeres foram alterados para DESORDEM E REGRESSO.

Só existia a extrema direita e a esquerda. A esquerda nunca era taxada como extrema, somente a direita. O antigo centrão, já quase não tinha parlamentares. Era sim, sim ou não, não. Quente ou frio. Os mornos foram vomitados e tiveram que sair do armário.

Os Esquerdopatas se diziam democratas. Em cada frase que falavam, a palavra "democracia" era citada. Era como se eles a tivessem sequestrado e se tornaram donos dela. Eles tentavam passar uma visão de que somente eles eram a favor da democracia e os seus opositores, os

Patriotas, eram reacionários fascistas e antidemocratas. Se diziam democratas, porém governantes anteriores compraram o congresso através de uma mesada com dinheiro de corrupção para ter seus projetos aprovados. Os Patriotas achavam os Esquerdopatas hipócritas e os Esquerdopatas achavam os Patriotas contraditórios. Os esquerdistas, que supostamente pregavam o amor eram veganos, mas assassinavam bebês. Os Patriotas, que supostamente pregavam o ódio, gostavam de churrasco e eram contra o aborto.

Paco saiu de Santa Bárbara e dirigiu rumo a fronteira do Norde. Por todo o trajeto, ele avistava a Torre bem de longe. Ela era tão alta que dava para ver por cima das nuvens. Ao chegar perto da Cortina de Ferro, deixou o seu carro e alugou um jumento. Não se podia entrar com automóveis no Norde por conta da queima de combustível fóssil, por isso grande parte da população andava a pé ou de bicicletas. A psicose ambientalista afetava os mais humildes, já que os coronéis tinham carros elétricos importados. Os ferrenhos defensores da Amazonia nunca se manifestavam quando florestas na Europa pegavam fogo.

Para ir para América, Paco tinha que passar pelo Norde. As fronteiras foram fechadas por causa da peste então Paco tinha que ir até o ponto mais norte de Brazilia, para daí pegar uma balsa e entrar lá, ilegalmente.

Paco ia cavalgando pelo Norde e notava que era bem diferente do Sul. O que mais chamou atenção era que já não avistava a Torre. Ela era vista por toda Brazilia, mas assim que cruzou a Cortina de Ferro, já não se via ela mais no horizonte.

Lá não havia indústrias, grandes metrópoles com arranha céus ou carros. As casas eram antigas, com pinturas que descascavam e a paredes dos prédios tinham grafites com rostos de Fidel, Stalin e Lenin. As ruas eram quase cobertas pela areia, parecia um deserto. Era uma mistura de Havana e Mad Max. Pessoas se sentavam na calçada em frente suas casas e, em vez de conversar fiado, ficavam nos seus celulares.

Um trio elétrico–literalmente–rodava pelo Norde tocando uma música que era como um grito de guerra para aquele povo:

WE DON'T NEED NO EDUCATION
WE DON'T NEED NO THOUGHT CONTROL
NO DARK SARCASM IN THE CLASSROOM
HEY TEACHERS LEAVE THE KIDS ALONE

Paco cantava o refrão enquanto o trio passava pela rua. Essa música havia sido escrita na década de 70 como uma forma de protesto contra professores conservadores considerados autoritários que supostamente faziam uma lavagem cerebral nas crianças. Entretanto, a música continuava fazendo sentido, só que agora os professores eram Esquerdopatas. A suposta lavagem cerebral, que era feita onde crianças eram ensinadas sobre os princípios cristãos, direitos cívicos e amor à pátria, agora eram ensinadas a Teoria Crítica da Raça e ideologia de gênero. Antes, eram doutrinados com bases milenares para o bem; agora, com bases modernas para o mal. Os estudantes passavam a ser agentes transformadores usados para a revolução.

As escolas e faculdades se tornaram verdadeiros Gulags—campo de concentração aonde filosofias e crenças eram empurradas goela abaixo dos estudantes. Qualquer um que discordasse dos pensamentos marxistas era taxado como fascista. Eles eram treinados a odiar qualquer tipo de autoridade, a não ser aquela estabelecida a fins da revolução, e por isso já não obedeciam aos seus pais, se rebelando contra o patriarcado. Quando chegavam à fase adulta, agiam como adolescentes de vinte e poucos anos. Eram contra o capitalismo, mas tinham computadores com o símbolo da maçãzinha e comiam comidas de restaurantes de franquia

Paco continuou rumo a seu destino e avistou uma ilha no meio do Norde. Parecia um oásis no meio de uma cidade deserta. A água que a cercava era azul igual o céu, e tubarões brancos nadavam ao redor. A distância de uma encosta para outra era longa de modo de quem estava de um lado não conseguiria atravessar até lá. Chegou à ponte, mas somente os moradores e convidados podiam entrar e só o deixaram atravessar pois era ex-parlamentar. Estava adentrando na Ilha.

Na Ilha, as coisas eram bem diferentes do resto do Norde. As ruas bastante limpas, prédios sofisticados e mansões por todo lado. Carros importados e roupas de marca—quando usavam roupas. Restaurantes finos, bares e boates open bar com drogas liberadas. O Distrito da Luz Vermelha exibia mulheres nas vitrines em plena luz do dia ao vivo e em cores, e o aplicativo Somente Fãs exibia mulheres nas telinhas dos aparelhos móveis. A prostituição era considerada uma profissão honrada,

4ª INSTÂNCIA

igual vender peixe na feira. Entretanto, as mulheres da vida viviam no Norde, mas iam para a Ilha para trabalhar. Já as mulheres da mais alta sociedade que viviam no Norde eram adeptas do Book Rosa e se prostituiam de forma secreta com membros de mais alta sociedade. A Ilha ficou conhecida por um bacanal entre os Mundanos apelidado de Surubão da Ilha, um troca-troca danado. Uma cantora chegou a transmitir ao vivo sendo tatuada em um local íntimo e inusitado e a cada beco havia um QPC: Quartinho do Pó e do Coito.

Apesar de compartilharem da mesma ideologia das pessoas do resto do Norde, o estilo de vida dos moradores da Ilha era totalmente diferente.

"Somos todos iguais, mais alguns são mais iguais que os outros." Disse Paco pensando alto conversando sozinho.

A iniquidade havia crescido, era como nos tempos de Noé, antes do dilúvio vir. O casamento deixou de ser tradicional e a união estável era algo normal. Já não existia mais o tripé do casamento: gênero, número e espécie. As pessoas se relacionavam com quem elas quisessem, com o número de pessoas que elas quisessem e a espécie que elas quisessem. Uns se relacionavam com bonecas infláveis, outros com animais.

A bigamia era camuflada com o nome de trisal. Os Esquerdopatas faziam de tudo para descriminalizar a pedofilia. Primeiro, tentavam baixar a idade para que um relacionamento não precisasse da autorização dos pais; depois, queriam taxar como doença dependendo da idade da criança. Daí então o "doente" deixava de ser um criminoso, e só assim depois de algum tempo, conseguiriam mudar o status do "doente" para uma pessoa normal, com a justificativa que essa pessoa não é bem um doente e que, nos tempos antigos isso era normal, assim como o incesto. Bando de doentes.

Na tese, defendiam a justiça social e a igualdade para todos, mas na prática, amavam suas regalias e seu círculo elitista. Não era qualquer um que tinha acesso aos residentes da Ilha.

Paco estava indignado, como se nunca tinha visto isso antes. Era como se tudo sempre estivesse diante de seus olhos, porém não conseguia ver, pois já estava acostumado com esse lixo.

Ao chegar em seu destino, havia um coiote o esperando. Entrou em um barco e seguiu rumo a América.

CAPÍTULO 3

O Oráculo

A travessia não foi nada barata e teve uma breve parada em Havana. A ilha era similar ao Norte: prédios com pintura cor rosa seco descascando e carros antigos percorrendo as ruas. Conhecida pela sua exportação de charutos, Havana tinha uma posição estratégica pois ficava somente a 50 milhas da Flórida. Aliada da Nova União Soviética, Havana recebia armamentos e caças de última geração em troca de armazenar ogivas nucleares expandindo seu poderio bélico. Além disso, cobrava um pedágio sobre as águas internacionais sobre as drogas que eram deixadas para os narcotraficantes.

Paco se sentou no boteco ao lado do hotel que estava hospedado para tomar um gelinho. Começou a conversar fiado com o dono do recinto, um senhor de aparência vivida. Vendo toda a situação que eles viviam, Pac perguntou para ele por que ele não saia da ilha e para outro lugar. O homem respondeu:

"Um país de direita, todo mundo quer ir para lá e o governo controla a entrada. Um país de esquerda, ninguém quer ficar mais lá e o governo controla a saída."

Paco lembrou que os imigrantes que fugiam para Brazilia vinham de países que já haviam sido tomados pela onda vermelha. Tirando esses, ninguém mais queria ir para lá e os brazilienses faziam de tudo para sair fora.

Na manhã seguinte, Paco entrou no barco e partiu novamente até atracar em Boca, na Flórida. O resto da América já estava vermelha no mapa e a Flórida era uma dos últimos estados a resistir e seguir azul. Era como se eles fossem independentes e defendiam o seu território, como a região a província Sul de Brazilia.

Paco entrou na carga de um caminhão baú guiado pelo coiote que o trouxera e o levaria rumo a Virginia. O caminhão o deixou a algumas milhas do seu destino, e foi caminhando rumo ao X azul no mapa.

A América já não era mais aquela nação mostrada nos filmes. O sonho americano havia se tornado um pesadelo A terra do Tio Sam, que antes significava prosperidade e segurança, fora rebaixada a um país de terceiro mundo. Por onde o regime vermelho passava, deixava um rastro de destruição.

O regime vermelho tornava o mundo mais justo, porém nivelava todos por baixo. Não tornava mais justo fazendo com que os pobres prosperassem, mas nivelando a classe média e acima a um nível miserável. Era como um mágico que te chama atenção para uma mão enquanto te engana com a outra. Ele te toma tudo, inclusive a liberdade, essa que não se perde de uma vez, mas em fatias, como se corta um salame. O preço da liberdade é a eterna vigilância. O comunismo não é amor; é um martelo com o qual se golpeia o inimigo.

4ª INSTÂNCIA

"Ditadura é quando você manda em mim, democracia é quando eu mando em você." respondeu o dono do boteco.

O capitalismo era colocado como vilão da revolução, e o proletariado era induzido a odiar os empresários. Não que fosse perfeito, mas era o que funcionava. Cargas tributarias e muita burocracia marrava as mãos dos empreendedores, criando a fuga de capital. Criavam dificuldades para colher facilidade. Os empregados tinham muitos direitos e poucos deveres, e os vagabundos que não trabalhavam—não os homens honestos que estavam desempregados e buscavam trabalho—achavam graça em ver a burguesia sangrar.

Os que produziam eram forçados a transferir suas riquezas para os que não produziam, por isso os altos impostos. Assim, os empresários deixavam de investir mais nos seus negócios, gerando menos empregos e estagnando a economia. O PIB diminuía, a dívida externa aumentava, mais dinheiro era impresso, a inflação explodia e os preços eram congelados. A transferência de renda através de programas sociais tinha que existir para os mais pobres, mas o objetivo final era incentivar o indivíduo a se profissionalizar. Essa ponte tinha que ser criada, se não o dinheiro fácil se torna um vício e serve como compra de votos.

Depois de uma longa e desconfortável viagem, Paco chegou na Virgínia. A localização do X do seu mapa era uma rua sem saída, e no final dela havia uma casa vitoriana antiga. Bateu na porta algumas vezes, mas ninguém atendeu. Olhou por fora da janela e viu alguns móveis, mas a casa parecia abandonada.

Paco arrodeou a propriedade e atrás da casa havia um galpão com a porta estava meio aberta. Resolveu deu uma olhada. Eram livros por todas as partes. Não havia estantes para organizar os livros e ficavam empilhados do chão ao teto, espalhados por todos os lados. Dezenas de milhares de livros. No centro do galpão, havia um tapete com uma mesa de escritório de madeira, um abajur verde, uma máquina de escrever e um transmissor de rádio. Na cadeira executiva de couro vinho, virada para trás assentava um senhor fumando um cachimbo lendo um livro pequeninho, do tamanho da palma da mão.

Paco ficou encucado com o que via e, quando menos imaginou, estava entrando no galpão. Ao vê-lo, o senhor tomou um susto, e sacou uma Winchester 22 e apontou pra Paco:

"Ora, que diachos é esse? Quem é você?"

"Busco pelo Oráculo." respondeu Paco com as mãos para o alto.

"Alguém te seguiu até aqui?"

Paco balançou a cabeça de um lado para o outro.

"Feche a porta e sente-se, por gentiliza." disse o senhor. "Tá tudo bem com você?"

"Tô, mas não espalha não..."

Paco se sentou no sofá que havia no galpão. O senhor se levantou, apoiando-se em sua bengala, e jogou mais madeira na lareira. Ofereceu Paco uma sopa de galinha feita no fogão a lenha. Faminto após a longa viagem, Paco aceitou.

Os restaurantes já quase não existiam mais na América. Nos supermercados, faltavam comida por causa da psicose dos Esquerdopatas contra agrotóxicos, o que impulsionava os governos a banir o agronegócio e optar apenas pela agricultura familiar orgânica.

Paco cobriu as suas costas com um edredom que havia no sofá, não era acostumado com o frio do inverno americano. Explicou ao senhor sobre o livro que havia lido e como encontrara aquele galpão através do mapa que tinha, e disse:

"Eu vim em busca da verdade e sei que o Oráculo pode me ajudar."

"Somente o Ungido é a verdade, o resto é no máximo verdadeiro." respondeu o senhor.

"Eu sinto que eu fui enganado a vida inteira, é como se eu estivesse dentro de uma matrix e preciso de sair."

"Basta tomar a red pill," respondeu o Oráculo. "Eu já estive dentro da matrix por toda a minha juventude e, em um certo momento, comecei a me questionar se o que eu acreditava era certo. Foi então que comecei a minha busca por conhecimento e comecei a ler livros. Porém, eu não precisava somente de conhecimento, e se sim de sabedoria."

"Não entendi," disse Paco.

"Você sabe qual a diferença entre o conhecimento e a sabedoria?" perguntou o Oráculo.

"Não, pra mim era a mesma coisa," Paco admitiu.

"Conhecimento é saber que o tomate é uma fruta; sabedoria é saber que o tomate não vai em uma salada de frutas."

"Vejo que o senhor fala em parábolas..." observou Paco.

"Conhecimento vem de estudar e ler livros; sabedoria vem do alto através de revelação. E a inteligência?" perguntou o Oráculo.

"É uma pessoa que é inteligente..." respondeu Paco hesitante.

"Sim, mas o que é a inteligência?" insistiu o Oráculo.

"Não sei..." Paco confessou.

"Inteligência é a capacidade de captar a verdade." respondeu o Oráculo. "Não é porque alguém se formou que significa que essa pessoa é inteligente. Diploma é papel pintado."

"Tendeu," disse Paco. "Pode me dizer onde achar o Oráculo?"

"Eu sou ele a quem procuras." revelou o Oráculo.

Paco, trêmulo, tomou um susto. Era como se ele tivesse conhecido seu ídolo Bob Dylan.

O Oráculo era uma espécie de guru dos Patriotas. Ele estava exilado há anos e seu nome estava na lista de procurados da Interpol por ter cometido inúmeros crimes de opinião. Mesmo assim, isso não o impedia de compartilhar seu conhecimento. Ele ensinava todos os dias na Rádio Leste— uma rádio underground. Era o único veículo de comunicação que não era notado pela Torre, pois conseguiam de alguma forma criptografar o sinal. Não era possível ele se expressar nas mídias sociais pois toda vez que se criava um perfil e postava algo, o Inquérito do Fim do Mundo vinha apagava o seu conteúdo. Era a única maneira do Oráculo se conectar pois ele foi mandado embora de todos os jornais onde trabalhara. Suas colunas eram controversas e iam contra o pensamento progressista.

4ª INSTÂNCIA

Ele já havia lido todos os livros que havia no galpão e seu conhecimento era fora do normal. Não só lia, mas marcava as páginas, fazia anotações, estudava obras e escrevia os seus próprios livros. Era uma espécie de profeta, pois as coisas que ele falava há décadas se tornara realidade.

O filósofo gostava mesmo era de ensinar. Sabia de tudo: filosofia, história, política e comunismo. Sua teologia não era das mais afiadas, e quando alguém queria diminuí-lo, chamava-o de astrólogo de forma pejorativa.

Ele entendia perfeitamente como a máquina vermelha funcionava. Faziam de tudo para chegar no poder e se manter no poder para sempre. Prendiam e torturavam seus opositores, levando-os a tribunais comprados com falsas acusações e os condenavam como espiões, muitas vezes fuzilando-os em praça pública. Alteravam o passado, distorciam as notícias no presente projetavam um futuro em que o Estado era soberano. Montagens de fotos eram feitas conforme a necessidade política.

Paco pediu que lhe ensinasse tudo que ele sabia. Tudo não seria possível, mas o básico já era o suficiente. Começou a nevar e o Oráculo vestiu sua jaqueta, saindo para buscar mais madeira para a lareira.

CAPÍTULO 4

O Consórcio

Brazilia ficou conhecida pela cleptocracia endêmica. O Partido das Trevas esteve no poder por anos e afundou o país em sua maior crise ética, moral e econômica. Eles chefiaram os maiores esquemas de corrupção da história mundial. Bilhões e bilhões foram desviados para manter sua permanência no poder. Roubavam compulsivamente, era parte de sua essência. A corrupção estava diariamente nas manchetes.

Os desvios aconteciam em grande parte pelas estatais. Diretores eram escolhidos através do tráfico de influência e orquestravam os esquemas junto com o seu mandante. Ministérios eram fatiados com outros partidos coniventes as práticas nada republicanas. Empreiteiras fechavam grandes acordos através de lobistas, onde obras eram superfaturadas e parte do dinheiro voltava para o Partido em forma de propina. Os desvios de verbas tinham duas finalidades: crescimento ilícito do patrimônio pessoal e financiamento da estrutura de poder.

O sistema era totalmente aparelhado. Membros do parlamento eram comprados com mesadas—o mensalão.

4ª INSTÂNCIA

Era um mês sim, outro também. O mensalão servia como uma moeda de troca para que projetos na câmara, em prol das pautas governamentais fossem aprovados conforme o mandante queria. Houve vários outros esquemas de corrupção que tinham o "ão" no final da palavra, indicando um termo pejorativo: mensalão, petrolão, covidão. Tinha a famosa rachadinha também. Se parte a mais alta da pirâmide da sociedade agia assim, com certeza refletiria na mais baixa.

Além do dinheiro de propina, o sistema era financiado por um projeto de poder global dos Globalistas–investidores multibilionários que tinham uma visão de mundo e faziam tudo ao seu alcance para instaurara-la. Donos de big techs, multinacionais e as grandes mídias, eles queriam um mundo unificado onde todos falassem a "mesma língua" como nos tempos da Torre de Babel. Um mundo menos desigual, sem injustiça social, com privilégios redistribuídos, onde todos trabalhassem de forma igual e que tivessem acesso a tudo. Bom, nem todos, mas quase todos. Todos menos eles, a maioria digamos.

Todos esses magnatas trabalhavam em prol do Consórcio. O Consórcio era uma entidade semi-secreta, formada por um conglomerado de empresas e organizações coordenadas, direta ou indiretamente, pelas famílias mais ricas do mundo: os Rothschilds e os Rockefellers. O mundo era movido por dinheiro, e essas duas famílias tinham dinheiro suficiente para comprar o mundo inteiro, e assim o faziam. Elas estavam por trás de grande parte dos governos, que eram usados como marionetes para atender aos interesses do próprio

Consórcio, com uma única finalidade—estabelecer a Nova Ordem Mundial.

As plataformas de streaming já investiam em filmes e séries em diversas línguas e divulgavam os mesmos em todas as nações com o intuito de acelerar a globalização através da cultura. Quase todos os filmes e séries inseriam pautas progressistas como agendas LGBT e BLM. Os desenhos faziam o mesmo. A miscigenação entre povos era promovida, e já não se via atores contracenando cenas de amor com pessoas da mesma cor. Era sempre um branco com uma preta e vice-versa. Obviamente, nada de anormal entre um relacionamento interracial—muito pelo contrário—, porém não era tão comum assim como tentavam mostrar.

Muitas das empresas eram compradas por dinheiro de propina ou por esses patrocinadores bilionários. Redes de telecomunicação, escolas, ONGs eram aliciadas para contribuir para o propósito maior de unificação as massas e um governo mundial totalitário.

Várias instituições sediam os seus valores, menos as igrejas. As que sediam obviamente não eram igrejas lideradas por homens sérios; eram homens fracos ou lobos em pele de ovelha. Já quase não se via prédios com cruzes, e os cultos aconteciam em porões de casas por conta da perseguição que já havia começado.

O comunismo, ora chamado de o movimento, mudava de nome de acordo com a cultura de cada povo. Socialismo e progressismo eram maquiagens colocadas em forma de nome, mas a ideologia era a mesma. Trabalhavam de forma organizada internacionalmente.

4ª INSTÂNCIA

A revolução que a princípio partiria do proletariado, não teve o efeito esperado. Uma vez que o trabalhador ganhava um pouco mais de dinheiro e se tornava classe média, a luta já não era a prioridade para ele. Portanto, o proletariado de um país não tinha a mesma característica em outro. Depois de décadas de estudo, entenderam que a revolução não tinha que acontecer de baixo para cima, mas de cima pra baixo. Uma elite de Intelectuais ditava as regras do jogo e guiava o pensamento do cidadão comum para onde eles queriam ir através do coletivismo.

As ideias da esquerda eram bem atrativas, por isso a maioria das pessoas, de uma forma ou outra, já foi adepta do esquerdismo. Na teoria, era magnífico; na prática, era um desastre. Eles prometiam o céu, mas entregavam o inferno. Não tem como fazer uma omelete sem quebrar os ovos.

"Você sabe por que conservadores são chamados de direita e revolucionários de esquerda?" indagou o Oráculo.

"Whatever...I no care..." debochou Paco.

"Durante a revolução na francesa, a Assembleia Nacional se reunia em um ginásio. Do lado direito ficam o Gerundinos, que eram a favor da constituição, queriam estabilidade e eram leais à religião e ao rei. Eram chamados de Partido da Ordem. Já os Jacobinos ficavam do lado esquerdo, eram radicais que se achavam iluminados, queriam uma completa ruptura com o passado e a construção de uma nova sociedade. Eram chamados de Partido do Movimento. Os moderados, claro, se assentavam no centro."

O Oráculo pausou por um momento para dar um trago e seguiu com sua linha de raciocínio.

"Já reparou que você abre a fechadura de uma porta girando a chave para a esquerda e tranca ela girando para direita? Com a fechadura fechada, ninguém entra na sua casa. Ela fica segura e sua família dorme em paz sabendo que estão protegidos. Só entra aqueles que são convidados. Suas coisas, que você suou para comprar, não podem ser tocadas. Já com a fechadura aberta, qualquer vagabundo entra e faz a festa. Rouba a sua casa, comete atrocidades com a sua família e depois volta de novo porque sabe que aquele local é presa fácil."

"Aham..."

"O mesmo acontece com a chave de fenda. Se você enfia ela em um parafuso e gira para a esquerda, ele solta e sai da parede. Se girar para a direita, ele aperta e fica firme." Continuou o Oráculo. "Pra esquerda você desconstrói, pra direita você constrói."

"Então belê..." ironizou Paco, que ainda era Esquerdista, mas o Oráculo nem intendeu que estava sendo irônico. "Papai Noel..."

O Estado deveria ser o pai de todos. Tudo para o Estado, nada contra o Estado, nada fora do Estado. O Livro da Capa Preta era combatido no sistema e tinha que ser retirado de todas as esferas da sociedade. Alguns de seus ensinos eram usados de forma para fisgar e enganar o povo, de preferência os relacionados ao amor. Já os ensinos mais severos, a respeito do que era pecado e do juízo que havia de vir, eram ignorados.

A taxação dos ricos para transferir a renda para os pobres fazia com que os donos de empresas investissem menos, deixando de gerar empregos que poderiam empregar os mesmos pobres que receberam ajuda do Estado. Militantes gostavam de ver empresários quebrando, era uma forma de vingança por todo capital acumulado graças ao proletariado que era explorado. Em muitas das nações, já não existia propriedade privada, e quase tudo era do Estado; e o avanço de movimentos como o MST contribuía para isso.

Brazilia vivia sob um tipo de semipresidencialismo, onde o presidente já não tinha tantos poderes como deveria. O presidente do senado era chamado de Primeiro-Ministro nos bastidores, algo inadmissível em uma república.

Os meios de comunicação anunciavam que as eleições estavam polarizadas, mas sempre foi assim. Só dessa vez, a polarização tinha um candidato de verdade de direita. Antigamente, a polarização existia, mas era entre um candidato de esquerda e outro se passava por de centro-direita, mas na verdade era de centro-esquerda. Era o fim do Teatro das Tesouras.

A mídia já não mais noticiava fatos com os três pilares fundamentais do jornalismo: veracidade, imparcialidade e independência. Ela não noticiava mais, mas ditava o rumo da opinião pública. Encomendava pesquisas através de institutos que, na verdade não passavam de empresas que agiam como lojinhas de porcentagens. As pesquisava sempre erravam e colocavam o candidato de esquerda à frente com o intuito de forçar o voto útil para eleger o candidato que iria investir mais nas cotas publicitárias com as mesmas mídias.

Mas o DataPovo desmentia todas as pesquisas e provara que os números estavam ao contrário. A porcentagem associada a intenção de votos do candidato de esquerda, era na verdade, referente ao da direita. Os números eram trocados.

Por muitos anos, Brazilia viveu sob a espiral do silêncio. O cidadão de bem tinha receio em se expressar ou se posicionar contrário à maioria, por tanto se calava. Por muitos anos, a população foi enganada, mas graças a internet, muitos descobriram a verdade. E houve pensador que estava enganado ao dizer que a internet deu a voz a uma legião de imbecis. A internet deu voz ao povo que não aguentava mais ser manipulado pela opinião pública.

Isso tudo foi antes do Inquérito do Fim do Mundo vir e censurar as postagens. Certos assuntos não eram permitidos, como por exemplo, o questionamento de eleições. As sacrossantas urnas eram intocáveis, e parlamentares perdiam seus mandatos pelo simples fato de pedirem mais transparência e lisura no processo. Eram amordaçados com multas astronômicas, e muitas vezes, eram presos.

Paco sabia como as coisas funcionavam, mas já estava acostumado e achava normal. Porém, cada palavra que o Oráculo falava era como se o seu intelecto expandisse e fosse remoldado. As palavras do guru tinham um peso e eram ditas com clareza.

A tempestade de neve começou a aumentar, e o frio também. O Oráculo colocou mais lenha na lareira e fogo iluminou o galpão que estava um pouco escuro.

4ª INSTÂNCIA

"Vamos tomar um gelinho?" Perguntou o Oráculo, acenando a Paco com a garrafa de Tennessee Honey.

"Me vê dois dedinhos, por favor." Respondeu Paco, sorrindo.

Enquanto degustava a bebida que parecia um pouco com cachaça, olhou para a parede e viu um quadro com a foto do Tio Sam e com a frase de Ronald Regan: AS NOVE PALAVRAS MAIS ATERRORIZANTES NA LÍNGUA INGLESA SÃO: EU SOU DO GOVERNO E ESTOU AQUI PARA AJUDAR.

O Oráculo continuou então com sua linha de raciocínio. Tocou em um assunto que Paco achava que era teoria da conspiração—O Foro de São Paulo. A organização reunia os chefes de estado dos países da América do Sul onde trocavam planos mirabolantes de como implementar o regime vermelho mundo a fora. Eles interferiam na soberania nacional dos países que ainda não estavam vermelhos, tudo em prol do governo mundial que tanto sonhavam. Grandes chefes do narcotráfico de organizações como as FARC sentavam a mesa com os demais.

A Democracia se tornou uma palavra vazia. Era como o I love you que os americanos falavam, igual dar bom dia. Não valia de nada. Os parlamentares a usavam em vão. Queriam passar uma impressão de que o Regime Militar nunca mais voltaria se dependessem deles. Se diziam democratas, mas apoiavam a ditadura da toga que censurava somente os Patriotas, deixando os Esquerdopatas falarem o que quiserem.

Paco tinha muitas dúvidas. Fez diversas perguntas e todas foram sanadas pelo guru. O Oráculo o instruiu sobre a dialética, a técnica de combater argumentos contraditórios oferecidos em resposta a uma questão. Vendo que Paco era humilde, avisou para ele ter cuidado para não ser colocado em uma camisa de força imaginaria pelo seu adversário. Esses gostam de amarrar pessoas educadas e de boas índoles com suas próprias palavras, dando um nó em suas próprias ações.

Por exemplo, se um pastor resolvesse se posicionar politicamente contra o progressismo, os Esquerdopatas amarravam seus braços para trás e diziam que eles só podiam falar sobre o Ungido por conta de sua vocação. Que não podiam misturar as coisas. E muitos não se manifestavam por medo de perder arrecadações que vinham pelas ofertas. Os pastores valentes que se posicionavam, eram amarrados e calados ao se expressar. Conservadorismo significa fidelidade, constância, firmeza

O próprio Oráculo ficava pistola quando era atacado por repórteres ou influenciadores. Mesmo com um alto nível intelectual, ele conseguia falar a linguagem do povo. Por isso os seus palavrões quando se irritava com alguma mentira ou burrice alheia. Falou pra Paco nunca se desculpar de uma multidão sedenta por sangue. Não é porque alguém ficou ofendido que essa pessoa está certa. Que ele tinha que ser politicamente incorreto. E que o debate político é igual um jogo vôlei, quando cortarem a bola em cima de você, mande por outro lado da quadra. Ataque, ataque, ataque; nunca se defenda. Admita nada, negue tudo, lance um contra-ataque.

"Risinho de deboche é argumento de prostituta." brincou o Oráculo.

4ª INSTÂNCIA

"Ou é calça de veludo ou é bunda de fora." Retrucou Paco.

O Oráculo deu um sorriso de canto de boca e afirmou que nunca tinha ouvido tal dito. Aprendeu algo novo com o mineiro.

"O que eu estou te ensinando não é coisa para homens de geleia."

Já estava tarde e o Oráculo se retirou para a sua casa. Na manhã seguinte, retomariam a conversa.

Paco se sentiu um idiota, um imbecil coletivo.

"O Oráculo tem razão." Falava sozinho.

Deitou-se e dormiu no sofá onde estava.

Ao amanhecer, o Oráculo acordou Paco. Trouxe um cafezinho bem forte, do jeito que mineiro gosta. Acendeu o seu cachimbo, se sentou na sua cadeira e retomaram a conversa onde haviam parado.

A mídia, os institutos de pesquisa e os Justiceiros formaram um conluio. Isso tudo para tentar derrubar o chefe de estado de Brazilia—o Capitão.

CAPÍTULO 5

O Capitão

Depois de décadas de escândalos de corrupção e de desvio de recursos, Brazilia entrou na sua maior crise ética, moral e econômica. Milhões de pessoas desempregas, inflação altíssima e a resseção, que levou a uma grande depressão, fizeram com que grandes multidões saíssem às ruas para protestar. O povo não aguentava mais. O tripé para o impeachment já existia: crime de responsabilidade fiscal, apoio do parlamento e clamor da população. Isso tudo culminou na queda da chefe de estado do Partido das Trevas—a Presidenta. Durante sessão do impeachment da Presidenta na Câmara, O Capitão homenageou um general que foi acusado de tortura no Regime Militar. Muitos acreditaram que era o fim da sua reputação, mas algo maior estava por vir.

O ex-paraquedista do exército, começou sua carreira política como vereador e logo se tornou deputado federal. Suas bandeiras eram claras e falava de forma direta, diferente dos outros políticos que falavam entrelinhas. Não tinha um politiquês. Era contra o aborto, ideologia de gênero e drogas. Defendia veementemente Deus, pátria, família e liberdade. Considerado deputado de baixo clero, ficava solitário na câmara pois era um homem honesto e honrado que não se corrompia. Seus valores não tinham preço e não havia dinheiro que podia comprar o seu sono ao colocar a cabeça no travesseiro. Quando mandaram recolher as armas dos cidadãos de bem, ele era uma voz no deserto avisando que a bandidagem agradecia. Sabia o que era a solidão da verdade. Era chamado de "o homem que falava sozinho". Em um certo episódio, seu partido foi comprado com propina, e imediatamente ele mandou devolver logo após ficar sabendo. Se considerava incorruptível.

Grande amigo do deputado Meu Nome é Enéias, saudoso parlamentar taxado por muitos anos como louco pela maneira que falava, porém com o passar dos anos, perceberam o quão inteligente era, pois falava de coisas que aconteceriam no futuro enquanto ninguém conseguia ver. Era um democrata e jogava dentro das quatro linhas da constituição. Defendia que o povo Braziliense era um só povo e não os dividia em brancos e pretos, héteros e homos, Sulistas e Nordes, homens e mulheres.

O Capitão era um homem alto, dos olhos azuis, parecia até um ator americano dos filmes de Bang Bang. Ele era casado com umas das mulheres mais elegantes de Brazilia—a Primeira-Dama. A Primeira-Dama tinha um coração puro e se simpatizava com as causas dos que tinham deficiência. Era uma mulher de oração e sem ela, o Capitão nunca teria chegado aonde chegou. Quando mais novo era atleta, e por isso quando foi contaminado pela peste disse que não passava de uma gripezinha. Foi condecorado com medalha de honra ao mérito por ter salvado um de seus companheiros de exército de um afogamento durante um treinamento. Ele pulou de uma ponte para salvá-lo. Foi condecorado com uma medalha que a cada três anos, um militar recebia. Apesar do Capitão arriscar sua vida por um homem negro, ele ainda era taxado como racista.

Sua reputação foi construída ao longo dos anos com suas respostas rápidas, como corte facas Tramontina. Os cientistas políticos utilizavam a razão do seu sucesso repentino pelo fato que ele respondia as perguntas de repórteres de tal maneira que ele falava com o tom e as palavras que o telespectador que assistia o vídeo falaria se estivesse em seu lugar. Era como se ele respondesse o que passava pela cabeça da pessoa do outro lado sentado no sofá. Suas frases iam virando memes e viralizando em redes sociais era uma questão de tempo para que seu apelido fosse criado—Mito.

Paco estava desconfortável, pois não via o Capitão dessa maneira. Cutucou o seu nariz e puxou um pigarro de nervosismo. Ficou em pé e chutou duas vezes o chão com a bota do seu pezinho de elefante. Logo em em seguida assentou. Ele o via como autoritário, racista, homofóbico, misógino dentre outros adjetivos pejorativos. Essa impressão foi criada pela narrativa da imprensa que tirava suas falas fora de contexto. O Capitão tinha um jeitão meio bruto e muitas vezes falava o que vinha na cabeça, outras vezes era mal interpretado. Traziam à tona declarações antigas no qual o testavam

4ª INSTÂNCIA

para ele se contradizer e cair no erro. Chamavam-no de tudo, só não o chamavam de corrupto. Falava palavrão, mas não era ladrão.

E foi através dessas declarações que ele ficou conhecido. Um dos vídeos gravados pelo Capitão viralizou pelas redes sociais antes que o Inquérito do Fim do Mundo fosse criado. Ele falava sobre como bandidos deviam ser tratados e que cadeia não era colônia de férias, e era só não estuprar, não matar, não praticar latrocínio, que ninguém ia para lá. Muitas pessoas que viram esse vídeo afirmavam que ele seria o próximo presidente de Brazilia.

Depois de muitos anos como parlamentar, o Capitão viu uma oportunidade concorrer a uma eleição. Suas chances eram remotas, mas sentia um chamamento divino. Seus filhos, que também eram parlamentares, o ajudaram a fazer uma campanha virtual, pois seu partido quase não tinha dinheiro para bancar propagandas eleitorais em horário nobre. Usaram as redes sociais e aplicativos de comunicação para impulsionar a candidatura de seu pai.

Era a época de campanha, e onde o Capitão passava era recebido pelas multidões. Quando aterrissava nas cidades onde ia dar uma entrevista ou fazer comício, milhares de pessoas o recebiam. Organizavam motociatas que se tinham milhas e milhas de extensão. Eram tantos motoqueiros que eles perdiam de vista. Um mar de gente que vinham de graça. Ruas eram interditadas e fãs iam aos prantos quando viam ele. Crianças o recepcionava com presentes e ele as carregava no colo.

"Mito, mito, mito!" gritavam seus adeptos nos saguões dos aeroportos.

Era como se fosse salvador da pátria, uma espécie de messias para aquele povo sofrido que não aguentava mais os governos corruptos de esquerda. Seu lema era CONHECEREIS A VERDADE E A VERDADE VOS LIBERTARÁ.

Em um belo dia em sua campanha em Minas, estava realizando um comício no centro da cidade e era venerado e carregado em praça pública. Como não tinha partido, usava uma camisa escrito MEU PARTIDO É BRAZILIA. Foi aproximado de um militante ex-filiado a um partido de extrema-esquerda, e o esfaqueou. Enfiou uma faca na sua barriga e torceu de forma que suas tripas saiam para fora. Sangue jorrava para todo lado.

O povo não acreditava o que via. A massa queria linchar o lunático que tentara contra a vida da única pessoa que poderia libertar Brazilia de continuar sendo uma nação vermelha. Rapidamente os seguranças contiveram o meliante e o Capitão foi levado para o hospital às pressas. Sua equipe junto aos paramédicos o carregaram na maca todo ensanguentado, foi quando deu um brado forte retumbante: "Brazilia acima de tudo, Deus acima de todos!"

O acontecimento foi noticiado por todos os canais. Os Esquerdopatas, a turma do mais amor, celebravam, pois viam como o fim do líder fascista que estava em ascensão. A aversão das feministas abortistas que não raspavam o sovaco as levaram a criarem o movimento— #ELENÃO. Já os Patriotas estavam desolados. Parecia quando o Airton Senna bateu na curva do S e morreu.

4ª INSTÂNCIA

Ligaram as suas televisões e esperavam ansiosos por notícias pois sabiam que o seu futuro estava nas mãos daquele homem. As crianças choravam imaginando que o pior acontecera. Logo veio a notícia para alegria de uns e tristeza de outros que o Capitão havia sobrevivido ao atentado. O povo questionava quem mandou matar o Capitão.

Já o chamavam de Mito e o apelido ganhou mais forca como se ele fosse um ser mitológico imortal. O tiro saiu pela culatra e o atentado acabara de o eleger, tornando-o um verdadeiro herói da pátria. Inmorrível, imbrochável, incomovíel—palavras dele.

Apesar de ter sido tirado de combate estando fora dos debates, fora eleito por unanimidade. Sem contar que fizera uma campanha com quase dinheiro nenhum comparado com os seus adversários, era um feito histórico. Paco já sabia dessa história, mas não tinha visto por essa ótica. Sempre escutava pela dialética negativa, colocando o Capitão como vilão. Isso deu um nó na cabeça dele.

O Capitão ia contra o sistema. Quando foi eleito, delegou cada ministério de forma técnica; antes eram rifados entre partidos. O mesmo aconteceu com as estatais, onde eram indicados diretores que as usavam como máquina de propina. Acabou com a mamata da Rede Mundo, era comprada pelo sistema através verbas publicitárias de propagandas dos governos anteriores.

Quando começou a falar sobre a cultura, o Oráculo sacou um rolo de papel higiênico como ilustração. As verbas destinadas à cultura, que eram usurpadas pelos Intelectuais, foram cortadas e somente aqueles que realmente necessitavam teriam acesso. Todo Intelectual não passava de um vigarista e não havia exceções. A teta secou com o Capitão.

Milhões de pessoas o seguiam quando e seus discursos davam bilhões de visualizações nas suas mídias sociais. E sempre quando postava, vinha o Inquérito do Fim do Mundo e marcava seus posts:

ATOS ANTIDEMOCRÁTICOS

FAKE NEWS

DISCURSO DE ÓDIO

O Capitão era contra tudo e contra todos, mas o povo era com ele. Especialmente a crentôlandia. Eles eram a favor dos valores defendidos por ele que sempre dizia para olhar que Israel e ver o que não têm e o que eles são e que Brazilia tem e não é. Defendia a terra sagrada veementemente e, mesmo assim era acusado de ser nazista, que seria uma enorme contradição.

Por conta da peste, o governo do Capitão foi um pouco conturbado. Ele teve suas mãos amarradas no combate a ela. E um dos encontros entre o Oráculo e o Capitão, no qual era taxado como guru pessoal, ele lhe deu um conselho, porém nada foi feito: "Ou se prende os comunistas pelos crimes que eles cometeram, ou eles, fortalecidos, irão nos prender por crimes que não cometemos."

Vendo que provavelmente se reelegeria, os Justiceiros através de uma manobra política soltaram o seu antagonista e arquirrival–Nine.

CAPÍTULO 6

Nine

O ex-guerrilheiro Nine era um sindicalista semianalfabeto que ascendeu na cena política durante o Regime Militar. Se altointitulava Pai dos Pobres, assim como Getúlio, ditador sociopata que governou Brazilia. Considerava a democracia relativa. A última vez que foi visto em um lugar público foi no Maracanã, na abertura dos jogos Pan-Americanos, onde sofreu uma vaia jamais vista antes. Não conseguia sair nas ruas porque o povo tinha ojeriza a ele; portanto, só fazia comícios para o seu público. Ele tinha uma lábia que conquistavas os pobres, mas não passava de um larápio. Um cleptocrata que só pensava em roubar, mas tinha a cara de pau de dizer que era a alma mais honesta do país. Por onde passava ouvia-se gritos:

"Nine, ladrão, seu lugar é na prisão!"

Nine era um encantador de serpentes. Mais do que isso, era a própria serpente que se transformaria em um dragão. Sempre quando falava para um público que não era o seu, sua expressão facial o entregava que estava mentindo. Cada frase que saía da sua boca era mentirosa. Não tinha nenhum tipo de temor ao Ungido, voltava atrás no que dizia sem remorso ou arrependimento algum e fingia não saber de nada. Mentia compulsivamente. Estava mais para Pai da Mentira do que Pai dos Pobres. Baixinho, barbudo, barrigudo, e pé de cana. Figurava abjeta, desprezível. De mau caráter, fez um palanque no velório da própria esposa antes de finalmente ser preso. Assim como Golias tinha 6 dedos em cada mão, Nine tinha 9 nas duas mãos juntas. Rezava a lenda que ele tinha uma marca na cabeça: 999.

Seu partido tinha diálogos cabulosos com organizações criminosas e narcotraficantes. Precisava deles para suprir drogas uma parte de seus apoiadores da elite artística, os Mundanos. Era contra as armas para o cidadão de bem e fingia combater o crime organizado. Os direitos humanos cuidavam dos bandidos e não das vítimas de crimes cometidos que aumentaram ao longo das décadas. Convivia com os diferentes para que melhor lutar contra os antagônicos.

Nine tinha um projeto de poder mirabolante. Ele sabia exatamente qual peça do jogo ele era. Um homem aparentemente simples com ambições ditatoriais de se perpetuar no poder e governar para sempre, assim como os ditadores dos países comunistas pelo mundo a fora. Criou o Foro de São de Paulo para unificar o poder na América Latina já pensando em ser chave para o cumprimento da profecia sobre um governo mundial.

Durante o seu mandato, as notícias sobre corrupção no seu governo inundavam os jornais todos os dias na TV. Dizia que estava do lado da democracia, mas comprava o parlamento com propina. Grande democrata. Elegeu a Presidenta como sua sucessora, mas ela nada mais era do que um poste. Uma marionete nas suas mãos. Ele que dava as cartas, orquestrava os esquemas. Suas indicações para estatais eram os key players que articulavam os grandes esquemas de corrupção. Empreiteiras parte do conchavo tinham preferência para fechar contratos em troca de propina que era repassada de volta para o Partido das Trevas através de doações com nomes laranjas.

Paco era um devoto de Nine, mas depois de tudo que tinha vivido, já começava a repensar o seu apoio. Seu novo mestre colocava os pingos nos is, falava sem filtro. Sentia-se engando por anos e anos por um sofisma que lhe foi imputado através de uma doutrinação feita pela cultura. Novelas, filmes, músicas, livros tinham pitadas do regime vermelho como ingredientes que corroboravam para uma ideologia progressista.

"Meu comandante," dizia Paco quando via Nine nos jornais. A maioria das manchetes estampavam as capas dos jornalecos que deveriam estar na sessão de furtos e roubos.

Nine comandou o maior esquema de corrupção da história e, graças um heroico juiz, finalmente foi preso depois de estar foragido. Com uma extensa capivara, pegou prisão perpétua porque não tinha a cadeira elétrica igual na América. A população clamava para vê-lo eletrocutado ou esquartejado em praça pública. Estava preso no presídio federal na ilha Base de Alcântara—o Alcatrás.

Ele mofou na cadeia por anos. Sua cela tinha uma cama beliche e um buraco no chão para fazer suas necessidades. Havia um plano de fuga onde ele teria que fugir pela fossa cheia de fezes, mas isso era muito para o seu ego inflamado e descartou essa opção. Sabia que a qualquer hora sairia pela porta da frente.

O sistema judicial em Brazilia foi feito para beneficiar os bandidos, e era uma questão de tempo para que um dos vários recursos fossem aceitos e que o meliante respondesse em liberdade. O dinheiro que ele havia roubado, junto com o seu Partido, poderia ter sido investido na saúde, e milhares de pessoas morreram por causa disso. Era a favor do aborto quando conveniente, dependia do público que o escutava.

O sapo barbudo minimizava furtos de celulares. Dizia que o jovem, e não bandido, só queria tomar uma cervejinha. Era uma vítima da sociedade e do capitalismo. Um vulnerável. Mas esse mesmo jovem que andava armado muitas das vezes matava a sua vítima e fazia um pai e uma mãe chorar para o resto da vida. Alguns comentaristas Esquerdopatas consideravam o assalto um trabalho legítimo.

Um dos Justiceiros, através de uma manobra política, resolveu soltá-lo já que era o único que poderia tentar parar o crescimento do Capitão. O povo, infelizmente, não teve reação de ir para as ruas; era como já estivessem anestesiados e sabiam o quão suja a política era. Em Brazilia, os valores eram invertidos e o poste mijava no cachorro. Os ladrões, estupradores e assassinos faziam festa nas prisões. Ele era a única esperança das trevas em

4ª INSTÂNCIA

tentar derrubar o Capitão. Lúcifer foi solto do Hades para tentar contra o Arcanjo Miguel.

O lema dos Esquerdopatas era NÓS CONTRA ELES. Dividiam para poder governar. Criavam as grandes minorias. Enganavam, mentiam, manipulavam. Nine enganava os pobres e prometia picanha e cerveja, depois dizia que era uma metáfora. Prometeu água para a região seca do Norte e começou um grande projeto de transposição, porém o projeto era uma uma obra super faturada de fachada para que as empreiteiras pudessem pegar a sua propina e sair fora. Ficou inacabado. Enquanto isso, o povo humilde do Norte morria de sede e tinha que depender de caminhões-pipa para sobreviver. Mas o Capitão foi lá e terminou o projeto, levando água para todos e tornando áreas áridas do Norte em um manancial.

"É só não roubar," dizia o Capitão em suas entrevistas quando perguntado de onde tirava os recursos para conseguir realizar tantas obras.

Já anoitecia e Paco estava pensativo. Era muita informação para ele digerir. Lembrou então do sonho que tivera onde duas mãos o puxavam da areia movediça que o sugava pra baixo. Só podia ser um sinal do alto e que as mãos eram do Oráculo.

O Oráculo colocou mais fumo no seu cachimbo, ligou o seu rádio transmissor e ia começar a sua transmissão para a resistência mundo a fora. Sua transmissão era como se fosse um diário. O filósofo era o maior pensador do século e milhões o escutavam. O professor gostava de ensinar. Ele falava todos os dias ensinado seus alunos sobre os assuntos atuais, construindo uma ponte com assuntos do passado. Se alguém começasse a acompanhar em qualquer dia, tudo que ele falava fazia sentido. Era como se seus ensinamentos se encaixavam em uma espiral do tempo, e seus novos adeptos sempre que o ouviam, não precisavam de aprender tudo do começo. A primeira que o ouviam, era como se estivessem no primeiro dia de um curso.

"Criar uma verdade humana com fatos inventados e construir uma impressão fictícia com fatos verdadeiros. Uma mentira repetida milhões de vezes se torna verdade." Filosofava o Oráculo em sua transmissão.

De repente, um estranho chiado robótico interrompeu a transmissão. O Oráculo ajustou a antena para ver se melhorava quando de repente a voz macabra disse:

A TORRE DE VIGIA ESTÁ TE VENDO

A TORRE DE VIGIA ESTÁ TE VENDO

A TORRE DE VIGIA ESTÁ TE VENDO

A TORRE DE VIGIA ESTÁ TE VENDO

O Oráculo rapidamente desligou o rádio transmissor: "Fomos descobertos! A Torre nos achou!"

Rapidamente, enrolou parte do tapete que ficava embaixo da mesa e abriu um alçapão.

"Entre logo, Paco, e siga o túnel subterrâneo. Ele vai te levar até a igrejinha antiga de Old Town."

O Oráculo entregou então um hard drive que continha tudo que havia escrito de estudo, materiais publicados em jornais, livros e gravações antes de tudo ser censurado. Pediu para Paco espalhar todo o seu conteúdo, assim todos conheceria o que era verdadeiro.

4ª INSTÂNCIA

"A vida dos vivos é determinada por filósofos mortos," disse o Oráculo. "Serei mais perigoso depois de morto."

"O papel mais difícil quero-o para mim," respondeu Paco.

"Para que o mal triunfe, baste que os bons fiquem de braços cruzados. Lembre-se disso: 'Não parar, não precipitar, não retroceder. Isso é tudo. Com a advertência suplementar de que precipitar é retroceder.'"

E essas foram as últimas palavras do Oráculo para Paco. O Oráculo fechou o alçapão e colocou um tapete de volta, mas ficou uma gretinha e onde Paco ficou olhando.

Poucos minutos depois, começaram a fazer barulhos de vozes em volta do galpão de repente bateram na porta e alguém gritou:

"KGB! Abra a porta!"

A América já havia sido tomada pelo regime vermelho e o FBI e CIA eram subordinadas a organização espiã soviética.

"Procuramos o foragido que vive aqui."

O Oráculo estava sentado na sua cadeira e calmamente colocava mais fumo no seu cachimbo. Os homens estavam vestidos todos vestidos com um uniforme cinza com detalhes vermelhões e um gorro de neve arrombaram a porta. Eles mandaram o senhor se levantar e ficar de frente a parede. O Oráculo deu um trago, levantou o dedo do meio e sacou sua Winchester:

"Vão pro quinto dos infernos, seus comunistas filhos da p..." E disparou contra os agentes.

Os soldados da Nova União Soviética fortemente armados alvejaram o professor com tiros de AK-47 antes mesmo dele terminar a frase, como se fuzilavam um opositor no paredão.

Paco viu aquela cena e ficou chocado. Parecia as histórias que escutava sobre os dissertantes que eram fuzilados ao resistir a revolução. Seus olhos lacrimejavam, engoliu o choro e seguiu pelo túnel onde saiu do outro lado da cidade e voltou logo pra Brazilia.

CAPÍTULO 7

A Seita

Chegando a Brazilia, Paco foi direto à cidade onde estava a sede do Partido das Trevas para pedir as contas. Ele já tinha ido a diversos comícios, mas na sede era a primeira vez. Ela ficava em um lugar distante na zona rural. Depois por algumas horas de viagem, entrou na estrada de terra que leva a propriedade. Ao se aproximar, viu carros importados espalhados pela grama. Paco parou o Jóinha um pouco mais distante para que eles não o vissem. Escutava um barulho de música bem distante vindo de dentro de um imenso celeiro.

Viu dois homens que ficaram pequenos perto da grande porta de entrada, fumando o que parecia um cigarro de palha, mas pelo cheiro era um cigarrinho do capeta. Eles usavam uma túnica vermelha escura e um anel de bronze no dedo anelar da mão esquerda com uma pedra vermelha. O capuz conectado na túnica estava pendurado nas costas de cada um, deixando suas faces à mostra. Paco notou que não era um evento como os outros showmícios que havido ido em praças públicas com artistas famosos.

4ª INSTÂNCIA

Ele precisava de se disfarçar para poder entrar, pois não era um evento comum. Havia uma caminhonete perto dele com umas caixas na caçamba e, ao abrir uma delas tinha uma túnica vermelha e a vestiu. Colocou o capuz pontiagudo que cobria o seu rosto, deixando de fora somente os olhos.

Caminhou em direção da porta do celeiro, e os homens fizeram um gesto com a mão, um código típico sociedades secretas fazem. Paco repediu o gesto e, com sua cabeça cabisbaixa, entrou no celeiro onde estavam reunidos.

Havia dezenas de pessoas, todas com a mesma vestimenta. No centro do celeiro, havia uma estrela desenhada no chão de terra batida com um giz vermelho, e uma fogueira bem no meio. A fumaça subia até o teto do celeiro e saía pelos basculantes na lateral. Tochas acesas eram penduradas nas paredes, parecia não haver eletricidade no local. Na parede que dava de frente para a porta da entrada, um grafite de dois animais que Paco nunca tinha visto, e embaixo de cada imagem os respectivos nomes: LEVIATÃ e BEHEMOTH. Havia também um painel com fotos de crianças desaparecidas escrito PROCURA-SE.

Paco foi para um dos cantos do celeiro para não ser percebido. O celeiro tinha um vão no meio e, em volta desse vão, tinha uma bancada do segundo andar de modo que Paco via pessoas lá em cima olhando em direção ao fogo. Todos cantavam uma música bem alto, em completa harmonia:

BEM UNIDOS FAÇAMOS
NESTA LUTA FINAL

MATHEUS MARCILIO

UMA TERRA SE AMOS
A INTERNACIONAL

Era a Internacional Socialista. Paco, que odiava seleção brasileira, achava que o antipatriotismo que via já era demais. Eles cantavam um hino que não era o de Brazilia. O coro se intensificava como se estivesse em um estádio de futebol.

Uma portinha no fim do celeiro abriu e alguns anciãos entraram. Eles também vestiam a túnica vermelha com o capuz pontiagudo. Fizeram um círculo em volta da fogueira. Todos usavam uma máscara com a face de chacal. Instantes depois, mais um membro saiu da portinha, vestido com uma túnica preta. Essa usava uma máscara com a face de um porco. Tinha mãos de mulher.

"É a Amante." Alguém cochichou o nome da líder.

O número dos anciãos em volta da fogueira, mais a Amante, somava treze. Um súdito levou um baú à líder e ela o abriu, sacando uma foice e um martelo também de bronze. Uma galinha preta foi levada até a líder e foi consagrada Bafomete. Não é à toa que o lugar fedia. Imolou a galinha e colocou o seu sangue uma tigela de barro.

A Amante jogou o sangue no fogo, tomou um gole de cachaça no bico da garrafa e cuspiu na fogueira. Quando as labaredas subiram, levantou a foice e o martelo, cruzando-os no ar. Foi aí que Paco viu uns vultos saindo da fumaça. Ficou pálido, sem palavras, pois não acreditava no que via. Os vultos andaram entre os treze encapuzados e depois entrou dentro do corpo deles. Na

4ª INSTÂNCIA

mulher vestida de preto, entrou uma legião. Fez um em nome do pai e começou a rezar baixinho.

Os membros levantaram o braço esquerdo com o punho fechado. Subiram o tom e continuavam cantando o hino:

O PARASITAS, DEIXAI O MUNDO
O PARASITAS, QUE TE NUTRES
DO NOSSO SANGUE A GOTEJAR
SE NOS FALTAREM OS ABUTRES

Uma fila foi formada e Paco entrou no meio para se misturar. Um a um se aproximavam da líder, que enfiava o dedo no sangue e desenhava o número 9 na testa de cada um. Logo após receberem o sinal, cada membro blasfemava contra o Ungido.

Paco estava com um frio na barriga, pois não acreditava que fazia parte de tal obra macabra. Não sabia que era assim que as coisas funcionavam nos bastidores. Quando chegou a sua vez de receber o pacto, Paco olhou para um lado e para o outro e saiu correndo rumo a porta, mas os homens da capa vermelha o pegaram. Trouxeram ele para ficar frente a frente da Amante e, ao arrancar o seu capuz, o reconheceram.

"É aquele vereadorzinho mineiro," alguém disse.

A Amante pegou na mão dele e viu que ele não tinha o anel da irmandade. Somente ser filiado do Partido não dava direito das reuniões secretas da elite. O povão, que era usado como massa de manobra, não tinha acesso ao conselho.

"Quero sair do Partido," disse Paco. "Não compactuo mais com essa ideologia nojenta."

"Judas!" começaram a gritar os membros. "Excomungado!"

Os membros da Seita já não aceitavam o fato dos que eram opostos ao Partido, quanto mais a alguém que queria sair dele. Sair do Partido era considerado a mais alta traição, que faziam chantagens com informações pessoais que hackers e espiões conseguiam. Alguns membros eram até assassinados. Paco estava próximo a ser cancelado, era persona non-grata.

"Fogo no fascista!" Pediam a sua cabeça.

"Acuse os do que você faz; chame os do que você é," disse Paco.

Esses eram os tolerantes que pregavam mais amor e menos ódio, que queriam cotas raciais e direitos iguais paras mulheres.

A ficha de Paco estava caindo. Ele entendia que o comunismo, o nazismo e o fascismo eram todos um tipo de socialismo, ideologias que os Esquerdopatas compactuavam.

Trouxeram uma cadeira elétrica desativada e amarram seus braços e os pés nela. Trouxeram também uma mesa de rodinha com uma TV antiga e um vídeo cassete com uma fita de VHS. Colocaram dois palitos, um em cada olho e um fone de ouvido na sua cabeça. Apertaram o play. Era uma compilação de vídeos mostrando diversos líderes do regime vermelho: Lenin, Stalin, Fidel, Chaves e Mao.

A tortura durou algumas horas. Faziam uma lavagem cerebral para ver se Paco mudava de opinião. Como era ex-parlamentar, não queriam diminuir sua força política e, em vez de fazer algo pior, tentavam reverter a situação.

4ª INSTÂNCIA

Seus olhos já estavam secos e vermelho, pois não conseguia piscar. Gotículas de sangue saiam dos palitos cravados nas suas pálpebras.

A Amante apertou o stop e aproximou Paco, que sentiu um cheiro de naftalina:

"Tem certeza de que quer sair do Partido?"

"Sim..."

"Pois bem, chamem o Comendador!"

Da mesma portinha aos fundos, saiu um homem com uma túnica igual aos demais, porém branca. Ele vinha limpando suas mãos sujas de sangue na roupa com um alicate na mão. Parecia um açougueiro.

"O sistema entrega a mão pra salvar o braço," disse o Comendador. "No seu caso que é membro do Partido, vai ser o dedo mindinho."

Paco começou a suar frio e sua pressão começou a cair. O Comendador segurou a mão esquerda de Paco que estava amarrada na cadeira, colocou o alicate no dedo mindinho quando de repente houve uma gritaria:

"Fogo! Fogo! Alguém chame o bombeiro!"

Um dos membros havia pegado uma das tochas e tacou fogo na palha que espalhou rapidamente pelo celeiro. Os seguranças tinham trancado a porta da frente e tentaram acalmar os membros da Seita, dizendo que iam apagar o fogo com instidores de incêndio, mas o desespero foi tão grande que os membros arrombaram a porta e saíram correndo para fora do celeiro. A Amante foi rapidamente retirada pela porta do fundo junto com o Comendador.

A fumaça tomava conta do lugar quando Paco foi desamarrado por um dos membros que o levou até o seu carro e fugiram.

Minutos depois, o celeiro veio o chão e uma enorme fumaça vermelha subia aos céus.

CAPÍTULO 8

O Livro da Capa Preta

Paco estava debilitado, entrou no carro e assentou no banco carona enquanto a pessoa que que o ajudou a fugir dirigia. Ao tirar o capuz, Paco arregalou os olhos quando viu quem era:

"Lu?"

"Quanto tempo môzinho!" brincou Maria Luiza, sua paquera dos tempos de Mobral, a qual não há via a anos. Paco, que já estava com a cabeça aérea, teve seu coração disparado.

Lu era uma moça atenciosa e extrovertida, alegrava o ambiente por onde passava. Ela também era membro da Seita. Paco já havia a visto de longe em um comício anos atras, mas ficou com vergonha de aproximá-la. Ela trabalhava para um sindicato quando começou a ter dúvidas sobre a ideologia imposta pelo Partido e resolveu investigar com mais afinco.

Começaram então a conversar sobre a vida, Lu contou mais sobre ela do que Paco. Como ele era um homem público, Lu já o acompanhava pelas notícias e sabia de muita coisa dele.

"Como está a vida? Você se casou?"

"Solteira, esperando pela pessoa certa..."

Paco abriu um sorriso de canto de boca e os dois continuaram a prosear, já que é o caminho era longo. Lu começou a explicar que ela começou a frequentar uma célula se converteu. Era membro da Crentolândia—termo pejorativo dado pelo Gabinete do Ódio do Bem a supostos fundamentalistas adeptos dos ensinos do Livro da Capa Preta. Paco ficou receoso, com um pé atrás, pois não gostava da Crentolândia. Tinha-os como inconvenientes e chatos, pois achavam que eram donos da verdade. Paco achou melhor não voltar para Santa Bárbara, pois poderia ser seguido e resolveu ir então pra BH e se hospedaria na casa que era da sua mãe dona Terezinha, no Horto.

"Obrigado por tudo," disse ao chegar na casa de Lu.

Desceu do carro e, mesmo estando no banco de carona foi ao banco de motorista abrir a porta como um cavalheiro—coisa que nunca havia feito antes.

"Te vejo quarta na célula?"

"De dia ou de noite?" brincou Paco.

"De noite. Te mando o endereço."

Paco nem queria ir, mas sabendo que o convite vinha de Lu, estava disposto a fazer um esforço.

Quando chegou quarta-feira, pegou sua moto que ficava na casa da sua mãe pois não queria dirigir o Fiat-147 com medo da Seita ter colocado um preço pela sua cabeça e ser seguido.

4ª INSTÂNCIA

Chegando no endereço, estacionou sua moto em um beco ao lado do casebre, que não parecia ter ninguém. De repente a porta se abre e Lu o recepciona surrando: "Entre sem fazer barulho."

A sala de estar era bem carregada com estantes empoeiradas e móveis antigos. Foram caminhando por um corredor que terminava em um quarto que tinha um armário embutido de mogno com várias portas. Lu bateu em uma delas como que se fosse um código. Um senhor veio, abriu a porta, e os dois entraram.

As congregações já haviam sido banidas da sociedade, portanto as reuniões aconteciam underground, como no começo do ministério do Ungido. Se fossem feitos a céu aberto, todos os participantes eram presos e o Livro da Capa preta era queimado.

Mesmo o Capitão sendo a favor da liberdade de expressão, o Inquérito do Fim do Mundo fiscalizava e reportava para a Torre de Vigia que enviavam militares e acabavam com a reunião, ainda sobre o presto que a peste poderia se espalhar novamente. Paco se sentiu um agente secreto em uma missão.

Ao entrar na sala, havia cadeiras onde pessoas estavam sentadas em um círculo e as crianças se assentavam no chão. Um homem tatuado segurava um violão. Ao seu lado, havia uma senhora de vestido de cabelo branco com coque. Era a líder da célula—Maria Santou.

"Vamos dar início a nossa reunião," disse ela.

Paco estava ao lado de Lu e sua mão tocava a dela. Estava nervoso.

Maria Santou fez uma oração dando graças, e o homem tatuado começou a tocar. As pessoas fecharam os olhos enquanto Paco mantinha os seus abertos. Começaram a falar sozinhas e cantar bem baixinho, de forma bem recatada.

A partir da segunda música, já levantavam as suas mãos um pouco com as palmas para cima, e na terceira, as levantavam para os altos e cantavam mais alto.

Paco fechou os olhos, já que notou que ninguém estava olhando e abaixou a cabeça. Suspirou. Foi aí então que sentiu algo diferente no ar. Não sabia o que era. Não tinha palavras para descrever. Paco já havia tentado diversas coisas na vida, mas esse sentimento jamais havia tido. Era como se o corpo dele tivesse sido tomado por algo e estivesse cheio por dentro. Sentia uma paz que não se comprava aos domingos de descanso ou às viagens de férias.

Quando começou a quarta música, ele a reconheceu, pois tocava na Rádio Oeste, que era a rádio dos Patriotas, a qual ouvia de vez em nunca. Começou a cantar bem baixinho. Sua voz quase não saia, mas seus lábios moviam. As pessoas começaram a cantar, mas uma língua que Paco não conseguia identificar. Elas enrolavam a língua e falavam coisas desconexas. Foi aí que Paco teve o que parecia uma visão:

"Era um jogo de final de Copa do Mundo. Mas não de qualquer Copa, e sim a última Copa da história do mundo. De um lado, havia um time de branco; do outro, um de vermelho. O primeiro tempo já tinha terminado, o segundo também. Após a prorrogação com gol de ouro acabar, era hora das penalidades. O time de branco tinha que bater o último pênalti e, se fizesse, o jogo acabaria. O camisa dez pegou a bola para bater. Ele caminhava lentamente até a marca do pênalti. A torcida ia à loucura. Ele coloca a bola na marca, tomou distância, olhou para o canto que iria bater, chutou e fez o gol. A torcida foi à loucura com o resultado e, num piscar de olhos, todos sumiram."

Lu colocou seu braço em volta dele e comeram a cantar juntos. Já na quinta e última música, Lu virou de frente para ele enquanto estava cabisbaixo e, com um braço por cima do seu ombro e outro no seu coração, e fez uma oração no ouvido dele. Paco arrepiou-se todo e foi às lágrimas. Chorou uma garrafa pet. Lu o abraçava e dizia que ele era amado. O homem tatuado parou de cantar e continuou a dedilhar a música, enquanto Maria Santou começou a falar:

"A graça e a paz."

Maria Santou foi em direção de uma parede rebocada e removeu um dos tijolos que estava solto, e pegando um livro. Era o manuscrito proibido—o Livro da Capa Preta. Paco arregalou os olhos, pois nunca tinha visto um de perto, o máximo que tinha visto era o Minuto de Sabedoria. Ela leu uma passagem que estava escrita, fechou o livro e começou a falar.

A mensagem era sobre um amor que Paco jamais havia ouvido falar. Todos tinham acesso a esse amor, independente no seu passado. Nenhum tipo de pecado que alguém pudesse ter cometido, por maior que fosse, poderia impedir de receber esse amor.

A senhora explicou que o homem pecou lá no começo da criação, e por causa disso, o pecado entrou na Terra. Tudo de ruim que existe hoje é por causa daquele pecado original, e ele faz com que a humanidade caminhasse a largos passos para um abismo. O plano original não era esse, mas o homem, devido ao seu livre-arbítrio e debaixo da influência do Canhoto, fez a escolha errada. Escolheu a árvore da morte, em vez da árvore da vida. O salário do pecado era a morte, então alguém tinha que morrer para que o preço fosse pago. Foi aí que o Ungido desceu a Terra para viver uma vida perfeita e levou todos os pecados da história sobre si mesmo. Ele era a salvação da humanidade. Explicou que todos tinham que se arrepender e que essa salvação era de graça. Era um favor imerecido, um presente.

Paco começou a pensar sobre a metafísica e o que aconteceria com ele se tivesse abanado o jaleco. Sempre achava que bastava ser uma boa pessoa, mas parou para pensar e não era tão bom assim. E mesmo se fosse, o padrão de bondade descrito no Livro da Capa Preta para ir para o paraíso era altíssimo, e nenhum ser humano poderia chegar lá. A pessoa tinha que ser perfeita, nunca ter pecado e que cumprisse toda a Lei. Foi para isso que o Ungido veio à terra e morreu no madeiro. Somente ele cumpriu a Lei. E porque ele cumpriu, toda autoridade foi dada e ele, de modo que aqueles se sentiam culpados por seus pecados eram perdoados e se tornavam justos. Tudo isso através do seu sangue.

Maria Santou concluiu e perguntou se alguém queria falar. Alguns membros compartilharam o que pensavam, até que o rapaz tatuado pediu a palavra.

4ª INSTÂNCIA

"Sabe qual a diference entre ser perdoado e justificado?" perguntou o rapaz.

"Imagina um assassino que está de frente para um juiz. O juiz, que poderia condená-lo, perdoa o assassino do seu crime e não dá uma sentença para que ele seja preso e pague o seu crime. Isso é perdão. Apesar do assassino não ter que cumprir pena, ele não deixa de ser um assassino do crime eu cometeu. Agora, se o juiz o declara justo, é como se o assassino nunca tivesse cometido o crime e fosse inocente. Isso só é possível porque o próprio juiz pagou a pena de morte no lugar do dele."

"Ele é o caminho, a verdade e a vida." disse Maria Santou.

Quando Paco escutou a palavra verdade, caiu a ficha. Ele lembrou das palavras do Oráculo e da frase do Capitão. O Oráculo disse que a verdade era uma pessoa, e o Capitão dizia que a verdade o libertaria. Ele precisava de conhecer essa pessoa para que fosse liberto de toda a mentira. Queria seguir o seu caminho baseado na verdade para que vida fluísse através dele. Uma nova vida.

Ao final, Maria Santou fez um apelo para quem queria entregar a sua vida ao Ungido.

"Se você escutou essa palavra pela primeira vez e quer entregar a sua vida ao Ungido, levante a sua mão."

Paco se levantou. Se arrependeu e confessou o santo nome do Ungido em voz alta. Os membros da célula bateram palmas e ficaram alegres com a decisão do visitante. Era mais um para a Grande Comissão. Lu, rindo de lado a lado, o abraçou.

"Qual o próximo passo?" perguntou Paco.
"Você tem que se batizar."
Todos ficaram alegre com a iniciativa de Paco.
"Vamos encher a banheira." disse o rapaz tatuado.
Foram no banheiro da casa e encheram a banheira. Paco tirou a sua botina e entrou na banheira com as roupas que estava. Lu disse algumas palavras bonitas para Paco, e antes de Maria Santou o batizar Paco disse com os olhos lacrimejados:
"Escreva o meu nome no Livro da Vida."
Paco submergiu por completo na água e, ao se levantar lembrou do seu sonho e notou algo novo. As duas mãos que ele tinha visto o puxando da areia movediça eram duas mãos direitas e não uma mão direita e uma esquerda. Ou seja, eram duas pessoas diferentes. Antes, ele achava que eram as mãos do Oráculo, pois foi ele que o fez ver as coisas de modo correto. Mas havia uma outra pessoa que acabara de dar uma revelação ainda mais profunda. Era o braço forte do Ungido.
Deram algumas toalhas para Paco e voltaram então para o quarto secreto. Paco estava sentado na cadeira comendo uma coxinha e pensando nas loucuras que havia vivido. Sua vida tomara uma virada brusca. Estava passando por um processo de metanoia.
"Eu consigo ver as coisas diferente agora." disse Paco. "É como se eu tivesse saído de uma matrix fora da matrix; são duas matrix. A sabedoria tem dois lados: o natural e o espiritual. O primeiro lado da moeda foi explicado pelo Oráculo, já o segundo pelo Ungido."

4ª INSTÂNCIA

Um outro visitante tirava fotos a reunião a resolveu postar em uma rede social que ninguém mais usava, sem que ninguém visse. Enquanto todos faziam um social, o Inquérito do Fim do Mundo censurou o post e levantou a bandeira de intolerância religiosa, mas ninguém que estava na célula percebeu, pois os dispositivos móveis não geraram nenhuma notificação.

De repente, escutaram forte estrondo na porta e a voz macabra ecoava de um megafone:

A TORRE DE VIGIA ESTÁ TE VENDO

A TORRE DE VIGIA ESTÁ TE VENDO

Paco saiu do quarto secreto e foi para a sala para ver o que estavam acontecendo. Olhou entre a cortina da janela e viu um grupo de pessoas

"São os Todes." disse Paco bem baixinho. "Eles nos acharam."

CAPÍTULO 9

Todes

A crise identitária ganhou força na década de 70 com o movimento hippie. A educação, que era focada em fazer o aluno ser mais inteligente, sofreu uma mudança depois da revolução industrial, culminando em criar trabalhadores especializados. Isso fez com que os alunos fossem tratados como maquinário de uma fábrica, com a finalidade de produzir. Assim, desestimulados a pensar por si próprios, tornando-se burros. Eram os analfabetos funcionais.

As universidades agora tinham o propósito de doutrina os alunos a pensar igual aos seus professores. O desconstrucionismo levou os alunos a desconstruírem tudo que aprenderam antes e, sem uma fundação sólida, tudo passou a ser relativo.

As muitas letras vazias subiram a cabeça dos estudantes, que até então pareciam inofensivos. Os Patriotas deixaram as universidades e grêmios estudantis de lado durante o Regime Militar e, quando se deram conta, era tarde demais. Já haviam perdido aquele espaço e eles se multiplicaram. Começaram a fazer muito

4ª INSTÂNCIA

barulho, influenciados por artistas, alguns destes que foram exilados.

O ambiente do campus das universidades era tóxico. Os calouros eram humilhados e ridicularizados por trotes organizados por veteranos. As moças mais bonitas das escolas, uma vez que ingressavam nas salas de aula de uma universidade, eram cooptadas por feministas que faziam a cabeça delas. Em poucos meses, raspavam as suas cabeças, deixavam o cabelo do sovaco crescer se tornavam feministas.

Os alunos eram incentivados a abrir suas mentes em questões sobre sexualidade. Eram ensinados não gostar nem de homem nem de mulher, mas sim de pessoas. Nos fins de semana, as festinhas eram regadas com drogas e orgias. Como se isso já não bastasse, os estudantes e professores articulavam com políticos para que as pautas identitárias chegassem às escolas de ensino básico e a ideologia de gênero já era ensinada para crianças.

Os homens alfas hetero top eram acusados de ter a masculinidade tóxica e eram pressionados a se desconstruir ou se efeminizar. Queriam mesmo é que eles fossem emasculados. Coisas como maquiagem, batom e pintar a unha, que antes era feito só por mulheres e, no máximo alguns cantores de rock, eram implementadas na sociedade através de comerciais onde garotos usando saia passavam uma mensagem de que tudo isso era aceito.

O gayzismo—que nada tem a ver com opção sexual mas com movimento político—implementava a sua agenda trabalhando intensamente. Os militantes colocavam a bandeira do arco íris, que originalmente significava um pacto entre o Altíssimo e os homens, em todos os lugares. Ganharam um mês inteiro para celebrar o orgulho—pecado atribuído a Lúcifer antes que ele fosse botado para fora do paraíso quando quis ser igual ao Altíssimo. Times de futebol e empresas eram praticamente forçados a estampar a bandeira em prol da diversidade e inclusão.

Os Todes não sabiam exatamente o que eram. Eles—ou elos—se intitulavam não binários. Diziam não se enquadrar nos únicos dois gêneros, masculino e feminino. Tinham um conflito de identidade e não sabiam se eram meninos ou meninas, se vestiam azul ou rosa. Em alguns casos, eles não se achavam nem humanos e sentiam ser de outro planeta. Outros se sentiam como animais. Eram como os Nefilins—homens gigantes fruto de relações sexuais entre seres celestiais caídos e mulheres. Não se sentiam deste mundo.

Eles faziam de tudo para que os banheiros de todos os estabelecimentos fossem unissex, inclusive em escolas, onde meninas e meninos pudessem usar do mesmo estabelecimento sem divisões. Nos lugares que isso era implementado, o número de abusos sexuais e estupro aumentava. Homens em banheiro de mulheres era algo que muitos já aceitavam.

Eram adeptos a pronome neutros e cada um escolhia qual palavra era usada. Por exemplo, em vez de se referirem como ele, eram referidos como elu. Pessoas eram presas por não usar pronome correto quando se referir a um deles. Alguns estados da América já incentivavam as crianças que queriam mudar de sexo a

4ª INSTÂNCIA

tomarem remédios que bloqueavam a produção de hormônios e, se quisessem, poderiam fazer sua transição e mudar de gênero. Se os pais tentassem parar, por menores que eram seus filhos, eram processados e presos. Tinham que respeitar a vontade deles. A testosterona era tratada como um hormônio a ser banido. Vários produtos da indústria alimentícia consumidos por homens eram produzidos com altas doses de estrogênio sem que eles soubessem. A sociedade há anos forçava a emasculação dos homens. Os heróis dos filmes, que eram fortes nas décadas de 80 e 90, foram trocados por homens fracos e afeminados para que a sociedade espelhada neles.

Paco tinha um coração para com os Todes, tinha empatia e sentia a dor deles. Especialmente depois de tudo que havia vivido, sabia que poderia ajudá-los a achar sua identidade.

"Quem são eles?" perguntou um membro da célula.

"Eles?" resmungou alguém. "Elus. Você tem que usar o pronome correto, senão vão te acusar de intolerância."

"Elus, que isso?" outro membro cochichou.

Alguns deles tinham tatuagem do arco íris, outro usava uma mochila com um broche do Che Guevara—mal sabia que Che não seria um fã do Todes. Todos usavam um uma camisa que parecia um uniforme, alguns números 0 e alguns números 1. E um traço em cima deles: 1100101.

No código binário usado em programação, os números 0 e 1 significam desligado e ligado respectivamente. O traço em cima representava que não eram nem um dos dois gêneros, nem macho nem fêmea.

Não eram XX nem XY. Acreditavam que crer somente em dois gêneros era algo que foi ensinado na segunda série e que, na verdade, existiam mais de 200 gêneros. E que sexo era uma coisa, gênero era outra. Um dos membros da célula perguntou se alguém poderia dar um exemplo de um terceiro gênero e ninguém soube responder.

Os Todes foram cercando a casa e começaram a discutir com os membros da célula. Um deles carregava um taco de baseball e gritou:

"Entreguem-nos o Livro da Capa Preta, vamos queimá-lo!"

Começou uma gritaria e eles chutavam a porta e apedrejavam as janelas. Dona Maria Santou rapidamente pegou o Livro da Capa Preta e o escondeu de volta na parede. Quando pararam de chutar a porta, Paco, que ainda estava todo molhado lembrou de uma frase de sua avó que nunca concordou:

"Mais vale um covarde vivo que um corajoso morto."

Ele então se encheu de ousadia, abriu a porta e começou um empurra-empurra.

"Se quiserem o Livro da Capa preta, vão ter que passar pra cima de mim primeiro."

Os demais membros da célula ficaram por de trás dele e os Todes se sentiram intimidados e começaram a argumentar.

"Como que vocês podem ler um livro que propaga o ódio? Ele não foi escrito pelo Altíssimo e sim por homens!"

4ª INSTÂNCIA

"Não é um livro, é o Livro," Respondeu Paco como um verdadeiro discípulo recém-convertido, mas estava pronto para o bom combate.

Paco começou a compartilhar seu testemunho de tudo que havia vivido nos últimos dias e como a sua vida tinha mudado. Alguns dos Todes argumentaram de volta, mas Paco batia na tecla o que Livro não propagava ódio e sim amor. Ele funcionava como um mertiolate, ardia no começo, mas depois melhorava.

E aos poucos a gritaria foi baixando e virou um silêncio. Paco caminhou em frente ao líder, que já tinha baixado o taco de baseball, e gentilmente pegou de sua mão. Um do Todes começou a lacrimejar. O ambiente que antes estava tenso e hostil, havia mudado. A mesma paz que Paco sentiu quando escutou a palavra do Livro da Capa Preta começou preencher o ar.

Paco convidou a todos que entrassem e confraternizassem com eles, e alguns aceitaram o seu convite incluindo o líder, outros foram para casa.

Chamaram Maria Santou de volta ao recinto para que ela compartilhasse mais, pois tinha bastante conhecimento e um grande mover aconteceu naquela noite. Todos os Todes que entram pela porta foram salvos e batizados, um a um.

CAPÍTULO 10

Gabinete do Ódio do Bem

O jornalismo começou a se auto-sepultar quando o governo do Capitão assumiu. Não por parte do governo, mas por si próprio. A Rede Mundo funcionava como uma assessoria de imprensa do Planalto. Eles tinham o monopólio da verdade. Telejornais e revistas se transformaram em QGs de militantes Esquerdopatas. O foco era criar narrativas, distorcer notícias e falar meia-verdades. As Fake News eram propagadas em nome de fontes que os jornalistas criavam.

O bom senso havia sido extinto e o que prevalecia era fazer oposição ao suposto governo fascista. E a desinformação por parte da mídia renomada parecia propaganda nazista na Segunda Guerra Mundial. Se você não ler o jornal, está desinformado; se lê, está e mal-informado.

Por causa disso, o maior canal de TV de Brazilia era chamado de lixo ao vivo por diversas pessoas quando eram entrevistadas por jornalistas, e sua audiência estava

4ª INSTÂNCIA

em queda livre, perdendo seus principais programas para concorrentes. A maioria dos jornais impressos teve uma redução drástica na venda de exemplares, e pessoas usavam como papel higiênico.

A imprensa era arma mais poderosa de oposição. Quando davam uma notícia boa da economia, eles adicionavam uma conjunção adversativa—o "mas". Começavam a notícia com a parte boa e adicionavam o "mas" para lembra de algo negativo que tinha na notícia ou algo ruim que poderia um dia vir a acontecer. Às vezes, usavam entonação da voz com um ar embargado para passar uma mensagem diferente; a notícia era boa, como por exemplo o aumento do PIB, mas o apresentador suspirava e falava de tal modo que fazia soar como se a notícia sobre o crescimento na economia como algo ruim.

Estagiárias do cabelo azul eram peça-chave nos editoriais. As reportagens quase todas tinham uma conotação vitimista a fim de alcançar coitadinhos que sofreram injustiça social. Termos como humor negro, da cor do pecado e mulato foram banalizados da língua braziliense. Entrevistados em rede nacional que usavam o verbo "denegrir" eram automaticamente chamados a atenção e o pedido de desculpas vinha logo depois. O homem branco era tachado como mau, e um movimento foi criado onde homens brancos se diziam racistas em desconstrução. Culpavam o racismo estrutural introduzido pelo patriarcado.

Fact-checkers analisavam todo o conteúdo publicado pelos Patriotas. Se alguém dissesse que a capital de Brazilia havia sido mudada para o Capitólio para os políticos roubarem, eles viam e checavam a informação dizendo que era uma inverdade e que a capital foi transferida por causa de uma eminente guerra, mostrando até jornais antigos com a notícia. Sempre achavam uma maneira de distorcer o que era uma opinião pública de fatos. E mesmo quando era fato, poderia não ser o que parecia. Não existe uma verdade absoluta sobre um fato. Até os fatos podem ter variáveis ou ser alterados.

Os Lacradores—influencers digitais—ficavam de olho para ver se alguém dizia ou postava algo tóxico. Eles eram conhecidos por gravarem vídeos de dancinha rebolando e lideravam mutirões online para cancelar pessoas e sepultar suas reputações. Investigavam posts antigos e os traziam à tona, e pessoas perdiam seus empregos por causa deles. As pessoas já não flertavam mais no trabalho, pois qualquer tipo de olhar poderia ser acusado de assédio sexual.

Os jargões criados pela esquerda tomavam conta da sociedade. Todos a não ser eles eram fóbicos: homofóbicos, gordofóbicos, xenofóbicos. Porém eles focavam em grupos específicos. Não existia qualquer tipo de fobia contra carecas, baixos, anões e feios. Chamar um homem de machista era um xingamento na maioria das vezes feito por mulheres, mas havia homens com baixa testosterona, que levantavam a bandeira feministas, e xingavam outros homens de machistas. As outras palavras de baixo calão já quase não eram proferidas.

Paco foi atrás de um velho amigo que era chefe de redação de uma mídia conservadora independente que

4ª INSTÂNCIA

produzia documentários políticos. O seu plano era entregar para ele o hard drive que lhe foi dado pelo Oráculo junto com uma cópia do Livro da Capa Preta havia conseguido com seus novos amigos da célula.

Tinha que espalhar a verdade através de um grande veículo de comunicação, porque se ele tentasse fazer pelas redes sociais, o alcance do conteúdo ficaria limitado, e o Inquérito do Fim do Mundo certamente o censuraria.

Paco foi a sede da empresa de seu amigo que ficava no mesmo prédio da Rádio Oeste. Quando chegou lá, ao entrar no prédio olhou para a plaquinha de metal do lado de fora com o no nome do prédio EDIFÍCIO WINSTON CHURCHILL. O maior estadista do século XX, o homem que derrotou Hitler. Paco ficou pensando no icônico personagem e, quando menos esperava foi surpreendido por seu amigo:

"Aoooooooooooo Paco, é Jorge! Belê?"

"Ôpa Jorge! Baum?"

Jorge Neguin era amigo de longa data de Paco e ficou feliz ao vê-lo. Criador de gírias e apelidos, gostava de uma resenha e conversar fiado. Deu um abraço nele e foram então almoçar em um restaurante do outro lado a da rua. Jorge Neguin pediu duas caipirinhas para celebrar com seu amigo de longa data que não via há anos.

"Bora tomar um gelinho?" convidou Jorge Neguin.

Jorge Neguin havia sido contratado por uma empresa cujo dono era um Patriota. Antes trabalhava em um reduto totalmente esquerdista. Em Brazilia, 80 por cento dos que cursam jornalismo se declaravam

Esquerdopatas. Era um dos últimos dos moicanos a ficar de pé em um ambiente tão hostil. Seus colegas de trabalho o chamavam de Capitão do Mato e não aceitavam o fato de um homem negro como ele ser Patriota. Diziam que ele era um preto de alma branca.

Movimentos como o Black Lives Matter tinham o racismo como uma fachada. Assim como o Antifa tinha a democracia como um cavalo de Tróia que, dentro, escondia o socialismo. Em vez de unir, dívida pessoas por causa de sua cor, posição social e sexualidade. Eram liderados por marxistas altamente treinados que incentivavam seus adeptos a saírem nas ruas da América, quebrando estabelecimentos e saqueando lojas, tudo em prol da justiça racial. Queriam a redistribuição do privilégio e equalidade. Arrecadavam milhões de dólares através do nome do movimento, onde patrocinadores usavam suas marcas em diversos locais, como em grandes empresas e arenas de esporte.

Paco compartilhou sobre sua missão e precisava da ajuda de Jorge Neguin. Era seu maior ato político. Ele pediu pra Jorge criar diversos conteúdos com o material nesse hard drive: documentários, vídeos curtos, posts, pdfs. Todo tipo de formato que para os diversos tipos de plataformas. Entregou para ele um beeper antigo, pois sabia que eles não poderiam ser rastreados pelo Inquérito do Fim do Mundo. E quando recebesse um toque no beeper, era para divulgar tudo que ele tinha pela TV, jornal, rádio, redes sociais, grupos de aplicativos e folhetos na rua.

"Pode deixar comigo cumpadi. Jorge Neguin vai dar um jeito, vou colocar esse material no bico do urubu.

4ª INSTÂNCIA

Fica bôbo aí, aqui é Jorge Neguin." respondeu em terceira pessoa.

Paco despediu do seu amigo e foi executar a sua parte da missão, que era se infiltrar na Torre.

CAPÍTULO 11

A Torre de Vigia

Os 11 Justiceiros vivam juntos na cobertura do maior edifício já construído na face da terra—A Torre de Vigia. Segundo relatos das poucas pessoas que chegaram perto e não foram presas, não é possível ver o final da Torre estando na entrada olhando para cima. Era um arranha céu gigantesco. A parte externa tinha um aspecto sombrio, parecia um concreto sujo como os prédios de Gotham City. Apesar do tamanho só existia um apartamento nela—o Triplex.

Era lá onde os Justiceiros viviam. Eles andavam juntos, moravam juntos, comiam juntos, dormiam juntos. Eram todos anciões e quando atingiam os 75 anos de idade, se aposentavam. Eram uma só mente quando tomavam suas decisões monocráticas, que resultavam em processos inconstitucionais.

"Mexeu com um, mexeu com todos," disse um dos Justiceiros que usava uma prótese capilar em forma de topete.

A Torre de Vigia foi construída ao longo dos governos anteriores de tal de forma que era possível ver Brazilia inteira, menos o Norde, que ficava fora do alcance a olho nu. Os Justiceiros não viam o que

4ª INSTÂNCIA

acontecia no reduto dos Esquerdopatas. O sol nunca resplandecia em cima da Torre de Vigia e havia uma nuvem escura carregada com raios que não a deixava. Era amaldiçoada.

A Torre ficava no alto de uma montanha rochosa, onde o acesso era um vale com um caminho bem estreito. Atrás havia um penhasco gigantesco, onde o mar agitado de águas turvas batia contra as rochas. Não havia outros estabelecimentos por perto dela por milhas. Apesar de ficar no centro do Capitólio, ela era isolada e não tinha como ser visitada. Era vista por todos de onde você estivesse, mas o acesso era restrito. Somente os que viviam lá tinha conseguiam entrar.

O critério para ser um Justiceiro eram dois: reputação ilibada e notório saber jurídico. Porém, os Justiceiros não tinham nem um nem outro. Tinham má-fé. A Torre se tornou um partido político ao longo dos anos. Eles faziam de tudo para ir de conta com o Capitão.

Na época da peste, terceirizaram a responsabilidades para os governadores—verdadeiros gangsters— amarrando a mão do Capitão a limitando suas boas intenções em ajudar.

Os Justiceiros se vestiam com uma capa preta, e aquilo inflamavam o ego deles. Não comiam o feijão com arroz igual a todos. De forma alguma. No almoço filé mignon; no jantar, caviar. Eles estavam à frente da criação do Inquérito do Fim do Mundo. Eles decidiam o que era verdade ou mentira, o que era real ou falso. Se alguém falasse que só era casamento se fosse entre um homem e uma mulher, o Inquérito vinha e reportava para a Torre, que emitia um mandado de busca e apreensão para ver se achavam algum Livro da Capa Preta e botavam os propagadores de Fake News em prisões sem direito a advogados.

A liberdade de expressão estava sendo cerceada e era punida como crime de opinião. Quando a cabeça do chefe de estado era usada como bola de futebol, eles chamavam de arte, mas qualquer crítica a um deles fazia a PF bater na sua porta com uma medida coercitiva. Tudo sem a iniciativa do Ministério Público.

Xandão era o chefe do bando, o manda-chuva. Era um homem frio, sadista, calculista, com traços de sociopatia. Adepto à tortura, sua expressão facial era de um homem mal. O poderoso chefão nomeou o território onde a Torre era localizada como Xandaquistão. Ele tomava as decisões e os seus súditos o acompanhavam.

Paco sabia que, se ele conseguisse entrar na Torre e acessar o computador central, poderia transmitir a verdade para todo o país. O povo precisava de saber a informação que ele tinha. Era uma tarefa árdua, pois o acesso a Torre era praticamente impossível.

Os anciões tinham assistentes que seguravam suas capas—os Capinhas. Paco pensou que, se passasse por um deles, teria uma chance de entrar na Torre. Os Capinhas tinham turnos e trocavam de tempo em tempo. Paco foi até o portão da entrada da propriedade e se escondeu. Assim que um dos Capinhas saiu, ele veio por trás com um lenço umedecido em amônia e colocou o homem para dormir, como se tivesse tomado uma "boa noite Cinderela". Paco foi farmacêutico antes de entrar na política e tinha conhecimento sobre medicina. Sempre quando alguém se machucava, recomendava

4ª INSTÂNCIA

um pozinho antisséptico, uma bala Valda para a tosse e Epocler para o fígado.

Entrou no lugar do Capinha e foi andando rumo à Torre. Depois de caminhar por alguns minutos em um caminho no meio de mata fechada, a paisagem se abria e viu a Torre de perto. Em volta dela havia uma cerca e barricadas de concreto para que carros não conseguissem atravessar. No gramado em frente à Torre, havia uma estátua de uma mulher seminua com uma venda nos olhos e uma espada na mão. A venda cobria somente o olho direito, e o esquerdo ficava à mostra com a pupila dilatada. Paco estava à porta da Torre.

Paco, disfarçado de Capinha, respirou fundo e entrou no elevador, um daqueles que podia subir com um carro até a porta do Triplex. Como era um por andar, ou melhor um por Torre, a porta do elevador abria e uma esteira rolante movia o carro do elevador para dentro da cobertura. Ele notou o painel do elevador tinha somente três botões: um era branco com a letra T de térreo, um vermelho com a letra T que devia ser Triplex, e um botão preto que não tinha nenhuma letra.

Quando chegou no Triplex, o mordomo pediu para ele esperar para que ele identificasse qual Justiceiro ele ia segurar a capa. Ele deu uma desculpa pediu para ir ao banheiro. O mordomo apontou onde era banheiro de serviço.

Paco entrou no Triplex e ficou deslumbrado com tanto luxo. Era impecável em aparência. Os pisos eram de mármore, e os detalhes eram todo de ouro e marfim. O teto alto exibia um candelabro de diamante, peças de arte históricas e quadros de colecionadores decoravam o apartamento.

Ele foi em busca da sala onde Xandão despachava. Subiu as escadas até o segundo andar do Triplex, mas não encontrou nada. Foi até o terceiro andar, que também não revelou nada. Notou um lance de escada no terceiro andar que levava a um sótão da Torre. Subiu e viu uma salinha com uma placa escrita NÃO ENTRE. Tudo indicava que era a sala que não existia—a Salinha Secreta.

Ele viu Xandão saindo da Salinha Secreta e, antes que a porta se fechasse ele entrou e assentou à mesa. A Salinha Secreta era escura, sem janelas, com apenas uma mesa, um computador, uma cadeira preta e um telão que mostrava o que milhares de pessoas faziam. Redes sociais de parlamentares, influenciadores Patriotas e até as Tias do Zap estavam lá. Ali, Xandão ditadava o curso que Brazilia tomaria. Ele tinha o leme do barco nas suas mãos.

A contagem de votos era feita ali mesmo, naquela salinha escura usando aquele 486 antigo. Havia um mini consórcio—diferente do Consórcio mas com os mesmos interesses—entre os Justiceiros, as lojinhas de pesquisas, e o Gabinete do Ódio do Bem para que Nine vencesse as eleições.

Tirando o software para a contagem de votos, havia um outro programa na máquina que não tinha nome que estava rodando no background. O ícone era um olho vermelho e Paco clicou duas vezes. Era o Inquérito do Fim do Mundo. A inteligência artificial recebia todas as informações que passavam por Brazilia e as filtrava.

4ª INSTÂNCIA

Postagens nas redes sociais, mensagens de aplicativos, opiniões de jornalistas em veículos de comunicação, vigilância pública e privada apareciam na tela. Dependendo da postagem, eles a marcavam como Fake News. Isso quando não acionava os militares e prendiam o cidadão.

Paco, que era farmacêutico quando mais jovem, também teve uma loja de informática e sabia um pouco sobre computadores. Ele parou o programa do Inquérito e rapidamente ligou para o beeper do seu amigo Jorge Neguin para que ele pudesse vazar toda a informação que ele tinha. Jorge Neguin, que já estava com todo o material preparado, recebeu o beep e disparou mensagens em massa para milhões de pessoas. Era só uma questão de tempo para que todos soubessem da verdade.

Paco viu um copo de Wiskey pela metade ao lado do computador. De repente, Xandão voltou e o encontrou no computador:

"Golpista! Jogue-o na masmorra!" gritou Xandão.

Mercenários vestidos de militares rapidamente vieram de encontro Paco, colocaram um pano preto em sua cabeça e que o jogaram no elevador. Eles então apertaram o botão preto sem nome. O elevador desceu além do térreo, e continuou descendo até o subterrâneo.

De repente, o elevador parou, a porta abriu e jogaram Paco em uma masmorra. Ele estava deitado no chão úmido, ratos entravam nos cantos das paredes. Com a visão um pouco debilitada, viu uma lamparina piscando. Um pouco de luz entrava pelo basculante, aonde Paco via o mar agitado e parte do precipício rochoso.

No canto havia um homem forte careca cabisbaixo, sentado numa cama de metal. Paco perguntou:

"Quem é você?"

O careca bombado levantou então seu rosto, e Paco o reconheceu:

"Você é aquele deputado que bateu de frente com os Justiceiros."

O deputado balançou a cabeça confirmando.

"Eu pensava que vocês tinham imunidade parlamentar," disse Paco.

"Temos, porém, não somos imunes aos Justiceiros. Eles cometem arroubos e interpretam a lei como bem entendem," continuou o deputado. "O Brasil tem três poderes iguais, mas o Judiciário é mais igual do que os outros."

Paco olhou para a parede atras do deputado e viu vários riscos nela. Perguntou quantos dias ele estava ali, e o deputado respondeu:

"Eu já perdi as contas. Semanas, meses..."

"Eu tô cagando um quilo e dois toco," disse Paco com medo.

Paco começou a suar frio. Sentou-se na cama do outro lado de onde estava o bombado, pensativo. Sentia que algo ruim estava para acontecer, já que o que ele havia feito era bem pior que o crime de opinião do careca bombado. Questionava se talvez deveria ter ficado calado esse tempo todo e vivido uma vida medíocre como a maioria das pessoas vivem. Trabalhar, pagar contas e dormir.

Lembrou da frase que a mãe de Lu dizia: "Mais vale um covarde vivo do que um herói morto." Tinha aprendido muito com ela, mas isso não ele não podia concordar. Mesmo não concordando com o que Che fez, via que ele tinha uma vida estável como médico e foi lutar pela revolução. Cumpriu o seu propósito. Não um propósito divino, mas pessoal. Propósito equivocado, mas não quis ser só mais um nesse mundo. Queria fazer a diferença, todavia tinha dúvidas. Lembrou do ídolo nacional Ayrton Senna, que era intenso no que fazia, mesmo que isso custasse a sua vida.

Fez então algo que nunca havia feito antes: orar. Já tinha rezado preces decoradas, mas conversar com o Ungido era a primeira vez. Olhou para o alto e suspirou:

"Me ajuda!"

Escutou um barulho do elevador que estava descendo e ficou apreensivo. Olhava para a setinha vermelha que estava acesa apontando pra baixo quando der repente ela apagou e a porta se abriu. Era Xandão e os Justiceiros anciões. Havia também um homem de bermuda com eles. O "poder moderador" entrava no recinto.

Eles eram todos idosos. Ali estava o Amigo do Amigo de Meu Pai. Um deles era desmunhecado e se articulava movimentando as mãos igual a Carmem Miranda, outro Justiceiro de aparência assustadora estendeu a mão peluda e apontou o dedo pra Paco.

"Eleições não se vence, se toma. Perdeu, mané!" disse Boca de Veludo.

"Vossas excelências são as pessoas mais odiadas desse país," retrucou Paco.

"Missão dada é missão cumprida," cochichou o Tapinha na Cara.

Xandão, à frente dos outros ministros disse:
"Shhhhh..."

"Cala-boca já morreu," sussurrou uma Justiceira baixinho.

"*L'état, C'est Moi*!" gritou Xandão em um ataque de histeria. "O estado sou eu! Chamem o Vingador," continuou.

Ao lado do elevador havia um corredor estreito e escuro, onde não era possível ver o final. De repente, veio um homem enorme, pesando uns 300 quilos, empurrando algo em um carrinho de mudança, apareceu. Seu rosto parecia estar derretendo. Curvou-se ao passar pelo umbral da entrada e colocou o carrinho no meio da masmorra. Um pano escuro desenhava o relevo comprido que quase batia no teto.

Um dos procuradores arrastou Paco e o colocou de joelhos em frente em frente à coisa. O Vingador removeu o pano preto, revelando uma guilhotina afiada. Xandão olhou para Paco e faz um sinal com o seu dedo indicador de um lado para o outro sobre o seu pescoço, como se quisesse a sua cabeça.

O Vingador prontamente foi para a corda para degolar Paco, que nem teve o devido processo legal. Paco fechou os olhos pois sabia que ali era o fim da linha, e clamou por clemência. Não do Vingador, mas do Ungido. O Vingador, que já tinha a corda nas mãos e já estava prestes a soltar, de repente um dos Justiceiros disse:

"Peço vistas ao processo."

Imediatamente, o Vingador retirou Paco da guilhotina. Xandão ficou fumegante, pois ele ia de contra a suas ordens e olhou para o Justiceiro com um olhar maligno. Retirou-se rumo ao elevador e se recolheu com os demais anciões.

A ansiedade de Paco era tão grande que sua mão formigava e sua vista ficou igual uma televisão sem sinal chiando.

"Obrigado!" agradeceu a Paco. "Porque você fez isso?"

"Sou o Terrivelmente da Crentolândia," disse o Justiceiro. "Um dos únicos homens de confiança do Capitão, foi ele que me colocou aqui."

Paco quase não via esse Justiceiro nos jornais, e, portanto, e mal sabia que ele existia. Achava que ele era mudo, pois nunca se manifestava contra as atrocidades cometidas por Xandão. Ele estava infiltrado e não podia levantar muitas bandeiras, pois isso poderia atrapalhar a sua missão na Torre. Havia mais um deles ali no meio, mas era mais recluso e não se posicionava quando precisava, talvez pela pressão do cargo.

O Justiceiro explicou pra Paco a importância de a Torre existir. Que ela não era o problema, mas os Justiceiros que viviam nela. Era só mudar a composição dos anciões e, para isso, o Capitão precisaria resistir, senão ia ser tarde demais.

O Justiceiro concedeu uma prerrogativa a Paco baseada nas saidinhas e o liberou do cativeiro. Paco perguntou sobre o deputado que estava preso, se ele poderia receber uma prerrogativa também, já que estava no limite de sua sanidade mental e saúde física.

"Não posso fazer nada por ele. Temos que separar do joio do trigo," respondeu o Justiceiro.

Paco deixou o cárcere ilegal e foi rumo ao Capitólio. Lá, o Capitão assinou um indulto concedendo graça e liberou o Bombadão da masmorra.

CAPÍTULO 12

Faroeste Calabouço

Era período eleitoral, e havia uma polarização muito grande. Ninguém era neutro: ou era direita, ou esquerda. O centrão já não existia, e os isentões se fingiam de direita. Brazilia estava rachada no meio.

O sistema de votação não era mais confiável. Na verdade, nunca foi. As urnas de primeira geração só eram usadas em três países no mundo: Brazilia, Butão e Bangladesh. O povo clamava por mais transparência e queriam algo extremamente simples. Queriam urnas mais modernas que imprimissem um recibo em papel. Esse recibo não iria para as mãos do cidadão, e sim para um compartimento transparente conectado à urna que seria lacrado, assim o cidadão poderia ver o seu comprovante sem poder tocá-lo, e o recibo seria para que auditorias fossem feitas. O povo queria votações limpas, pois sabiam que não interessava quem votava, mas quem contava os votos.

Os militares foram convidados a acompanhar o processo, mas não tinham acesso ao código fonte e não tinha muito ao que ser feito. O convite foi só para inglês ver. Os Justiceiros enalteciam o fato que nunca foi comprovada uma frade nas urnas. E da maneira que a urnas eram, de fato seria impossível comprovar fraudes, pois se o código fonte fosse alterado para quando alguém digitar qualquer número e fosse computado outro, não existiria a contraprova, que no caso seriam os recibos de papeis.

Nine havia ganhado o primeiro turno, induzido pelas falsas pesquisas de intenção de voto que fizeram com que todos os votos úteis dos demais candidatos migrassem para ele. O Capitão, por sua vez, mês em desvantagem, apostava todas as suas fichas no povo contra o sistema, mas infelizmente não conseguiu tirar a vantagem. O que era para ser festa em igrejas foi festa em presídios.

O bandido voltava à cena do crime. O povo de bem ficou indignado com a falta de isonomia nas eleições. Foi a campanha mais suja e mais baixa da história da república. Para se ter uma ideia, propagandas foram feitas contra o Capitão, chamando-o de pedófilo e canibal, desumanizando-o. Ele pediu para que as propagandas fossem tiradas do ar, mas teve seus direitos de respostas recusados. Suas inserções de material eleitoral nos rádios não foram colocadas no ar de forma proposital para beneficiar o seu opositor.

Os Justiceiros amarraram as mãos do Capitão, deixando Nine em vantagem. Eram capachos do líder da Seita. Quando se encontravam em reuniões, Nine desferia tapinha nos rostos deles, uma forma de mostrar quem que mandava.

Vídeos começaram a surgir levantando suspeitas sobre as eleições. Influenciadores e parlamentares começaram a contestar os resultados das urnas e tiveram suas redes sociais derrubadas. A regulação das mídias, que era promessa de campanha de Nine já estava em vigor.

As greves de caminhoneiros começaram e rodovias foram bloqueadas. Logo em seguida, o povo acampou em frente aos quartéis, pedindo socorro às Forças Armadas. Os Justiceiros derrubaram todos os meios de comunicações seculares para tentar conter, mas não foi possível. A mídia comprada não noticiava os fatos, e o povo falava o que estava acontecendo através do boca a boca. Ouve uma escalada pelo poder que levou Brazilia a um suposto terceiro turno.

Durante todo o processo, o Capitão ficou em silêncio. Estava recluso em sua residência. Um silêncio misterioso que gerou uma incógnita nos Esquerdopatas sobre o que ele estava tramando. Antes tentavam calar ele, agora queriam que ele falasse.

Os Justiceiros esticaram tanto a corda que ela estava prestes a romper, e as instituições já estavam entrando em colapso. A seguinte mensagem foi emitida para os Patriotas que passaram para a frente: Nine não deve ser candidato, se for candidato não deve ser eleito, se for eleito, não deve tomar posse, se tomar posse, não pode governar.

Bob Jota, ex-parlamentar já de idade, que foi dos responsáveis por denunciar o maior esquema de corrupção do mundo, era preso político e estava em cárcere domiciliar com tornozeleira eletrônica. Foi preso pelo crime de opinião ao confrontar seu desafeto Xandão. Não teve o devido processo legal e ficou na cadeia, e depois de meses, o mandaram para casa para ficar preso em cárcere domiciliar.

Ele era constantemente humilhado com o envio de militares a sua casa por parte dos Justiceiros. Eles reviravam tudo em busca de nada; era só uma desculpa para retaliar. Jogavam as roupas íntimas de sua esposa no chão e limpavam a suas botas nelas.

Bob havia sido banido das redes sociais e não podia dar nenhuma declaração durante as eleições, mas não conseguiu ficar calado com tantas arbitrariedades e xingou uma das Justiceiras.

Xandão rapidamente enviou militares a casa de Bob, que gravou um vídeo de despedida dizendo que só sairia dali morto. Foi aí que o caldo entornou. Não só pra Bob, mas para toda a sociedade. Era cereja do bolo que faltava pra Brazilia entrar em convulsão.

"Vossa excelência provoca em mim os instintos mais primitivos."

Quando os militares que cumpriam uma ordem leviana tentaram entrar na casa de Bob Jota, ele pegou o seu fuzil e começou a atirar contra o carro dos soldados para assustá-los. Eles trocaram tiros com Bob, que pegou granadas de efeito moral e arremessou contra os agentes.

Um dos candidatos à eleição, que era suplente de Bob quando foi impedido de concorrer pelo cargo, foi acionado para fazer a mediação—era o Padre. O Padre foi sereno e conseguiu persuadir Bob a se entregar. Ao sair de sua residência, escoltado pelos agentes, a imprensa com representantes de todas as emissoras estravam presentes e noticiavam tudo na íntegra.

Ali foi o ponto de partida de uma guerra civil, algo nunca visto antes em Brazilia. Patriotas e Esquerdopatas pelearam por toda a nação. Norde e Sul entraram em um confronto armado, e o derramamento de sangue deixou a Noite das Garrafadas para trás. A injustiça e a impunidade levaram os Patriotas a terem que resolver as coisas com as próprias mãos. Todo o poder emana do povo, e o gigante havia acordado.

Os Patriotas acamparam nos quartéis por meses e clamavam por uma intervenção militar, pois sabiam que as eleições foram fraudas e o regime vermelho estava à porta, porém os milicos não tiveram culhão de fazer o que tinha que ser feito. No seu último dia como chefe de estado, o Capitão foi exilado para a Flórida, pois, se não, seria preso de forma ilegal.

Nine então assumiu o executivo. O público que foi celebrar era pequeno, bem menor do que o público que o Capitão arrastava em suas motociatas. Porém, o povo não aceitou, pois sabiam que ele estava ali de forma ilegal. Com sua paciência esgotada, tomaram o Capitólio, e o que seria uma manifestação pacífica culminou em uma invasão aos poderes. Não contendo o povo, sobrou até para a Torre de Vigia.

Havia Esquerdopatas infiltrados que incendiaram o parlamento para que a culpa caísse sobre os Patriotas. Parecia Reichstag na Segunda Guerra Mundial. A porta do Quartinho Secreto, onde Xandão despachava, foi roubada e era como se fosse um troféu. Xandão rapidamente enviou sua Gestapo, que prendeu os manifestantes que estavam acampados em frente aos quartéis—a maioria acabavam de chegar e nem

4ª INSTÂNCIA

invadiram lugar algum—e criou um campo de concentração em um ginásio onde os manifestantes ficaram presos. A prisão em massa era totalmente ilegal e nenhuma prova foi encontrada sob os que foram condenados. Idosos morreram com complicações de saúde

O povo clamava por um duelo entre o Capitão e Nine. Era a única maneira de decidir quem ficaria à frente do poder pois de nada tinha uma democracia onde as eleições eram forjadas. A liberdade não tinha preço e valia mais do que a própria vida. Os influenciadores incitavam a violência de ambos os lados e marcaram o dia e a data e convocaram toda a nação. O local era a praça dos Três Poderes, no centro do Capitólio.

O Capitão nem ficou muito tempo no seu exilo e logo voltou a Brazilia. O povo o carregou nos braços. Era muita gente. Todos vieram de graça. Famílias vestidas de verde e amarelo. Idosos colocavam a sua cadeirinha na grama para assistir junto com os seus netos. Eram sempre educados e não sujavam as ruas quando faziam manifestações, com exceção da última. Paco foi junto com Lu e Jorge Neguin, todos vestido de verde e amarelo.

Nine encheu ônibus saindo dos guetos de Brazilia e oferecia um tíquete quentinha—pão com mortadela e refrigerante Del Rei mais 50 cruzeiros. Era uma visão do inferno. Todos vestiam de vermelho. Carregavam bandeiras de sindicatos e movimentos sociais. Tinham spray para pichar monumentos públicos e coquetéis molotov.

O Capitão chegou montando e um sua moto junto com seus seguidores em uma motociata, e Nine chegou em um carro importado. O capitão usava um boné da polícia com a sigla PRF, e Nine usava um boné escrito CPX, que significa cupincha—parceiro do crime. Os dois desceram e caminharam rumo à arena improvisada.

"Mentiroso, ex-presidiário, traidor da pátria!" disparou o Capitão.

Nine ria com um sorriso de canto de boca. As acusações eram pesadas, mas não podia fazer nada pois eram verdadeiras. Quando Paco viu Nine rindo, lembrou do que o Oráculo havia falado.

O Capitão se aproximou de Nine, olhou fundo nos seus olhos e colocou a sua mão no ombro dele, impondo a sua altura sobre o gnomo.

"Deus, pátria, família e liberdade!" disse o Capitão, e o povo foi à loucura. "Nunca perdi uma eleição."

"Mito, mito, mito!" gritou a multidão. Os que estavam vestidos de verde e amarelo eram muito mais numerosos que os de vermelhos.

O mediador do duelo foi ao meio da praça e entregou uma Winchester 22 para ambos os candidatos. Ele ditava as regras do duelo. O combinado era que ambos iam marchar 10 passos, virar e o que acertasse o tiro primeiro sairia vitoriosos.

Paco notou que Nine tinha um ponto eletrônico e seu oponente não. Provavelmente algum atirador de elite estava passando informações para ele.

Colocaram-se em posição, um de costas para o outro. O combate parecia Davi e Golias, não pela estatura física

4ª INSTÂNCIA

e sim por um ter todo o establishment em prol dele e outro ter somente o povo.

"10..."
"9..."
"8..."
"7..."
"6..."
"5..."
"4..."
"3..."
"2..."

E antes que o número 1 fosse dito, Nine virou e deu alguns passos rumo ao Capitão e o atirou pelas costas. O Capitão foi desferido e caiu no chão. E ficou assim, em silencio.

O lado vermelho gritava de alegria, o verde e amarelo chorava. Ficaram de luto com o que viam. Os Esquerdopatas foram para o confronto. Crianças, idosos e mulheres corriam em sentido oposto da multidão enquanto os endemoniados corriam para agredir os Patriotas.

Enquanto a multidão corria, parecendo um arrastão, Paco viu que Nine estava sozinho no meio da multidão, sem nenhum capanga, comemorando com uma garrafa de 51. Foi quando ele notou que o filho do Nine, que trabalhava limpando bunda de macaco em um zoológico, estava com sua caminhonete estacionada perto do local e na garupa dela havia uma jaula. Era onde ele transportava os animais e, em uma caixa, havia também uma arma de dardos soníferos.

Paco pegou o tranquilizante e deu um tiro em Nine, que ficou mais tonto que estava. Colocou um braço dele por cima de seu ombro e outro braço no ombro de Jorge Neguin. Eles o arrastaram e o jogaram dentro da jaula, onde ele caiu desmaiado.

Paco, Lu e Jorge Neguin entraram no carro e, enquanto o pau quebrava, saíram dali e foram rumo ao Alcatraz na da Base de Alcântara.

CAPÍTULO 13

A Última Instância

Paco dirigiu por horas rumo ao seu destino, o Alcatraz. A prisão ficava numa ilha na costa do Norte e o acesso era só de barco. Paco entrou em uma balsa e seguiu viagem. Os agentes de segurança já estavam esperando a chegada de Nine, pois Paco havia emitido um comunicado informando sobre o transporte do ex-presidiário foragido. Sabiam que a anulação do processo de Nine era inconstitucional e, portanto, não iriam submetê-lo a um novo julgamento. Ele não governaria novamente.

Nine ficou ali, enjaulado, onde passou o resto de sua vida. Sozinho. Isolado. Pegou prisão perpétua e ficou confinado a uma solitária, pagando por todos os crimes que cometeu durante a sua vida.

Xandão passou os últimos dias de sua vida sozinho também. Sua morte virou teoria da conspiração. Uns falavam que ele teve uma doença misteriosa, outros falavam em suicídio ou envenenamento. A Crentolândia orou por muito tempo pela sua salvação, mas seu coração era muito duro e resistiu à graça do Ungido.

No Capitólio, após mais uma intervenção militar, todos os Justiceiros foram depostos de suas posições e novos membros, pessoas de bem que não agiam como políticos e visavam somente guardar a constituição, foram colocados no lugar. O Inquérito do Fim do Mundo foi desligado e parou de existir. O Gabinete Ódio do Bem já não tinha tanta força como antes, pois o povo descobriu a verdade. A mídia séria não foi mais censurada, e a imprensa velha perdeu sua credibilidade com a falta de coerência. Urnas mais modernas foram instaladas no lugar das antigas, e a reeleição para presidente foi banida pelo parlamento, que decidiu criar uma lei instituindo um mandato único de 5 anos.

Depois de descoberta a fraude nas urnas, o Capitão, que havia tomado um tiro de raspão na orelha, voltou ao comando do executivo por mais um mandato, e os próximos anos foram de paz. Porém, o sistema se reorganizava, articulava novos interesses, criava lideranças. O sistema não podia tudo, mas podia quase tudo. O Poste de Nine assumiu a liderança do Partido das Trevas, e era só uma questão de tempo até os Esquerdopatas tomassem o poder de volta.

Paco estava em sua casa pensando em tudo que havia acontecido e chegou a um consenso. Viu que não tinha como salvar esse mundo, que ia de mal a pior. Jamais veria ver um mundo melhor e estava mais próximo de uma distopia do que uma utopia. Lembrou então do Livro da Capa Preta, que falava sobre um reino milenar governado pelo Ungido. Lá, não existia fome e nem doença. Pessoas viveriam tempos de paz. O governo ficaria nas mãos de um rei perfeito, que não era eleito por uma democracia, mas que se assentava em um trono, pois tudo foi criado através dele e ele governaria soberanamente. A justiça reinaria, e não haveria lugar para a injustiça. As coisas funcionariam perfeitamente.

Paco foi para o seu quarto sozinho e fez uma oração. Lembrou parte da oração que o Ungido ensinou a seus discípulos:

"Venha nosso o vosso reino," repetia várias vezes. "Maranata!"

Logo após a sua oração, Paco foi sentar do lado de fora de seu chalé, escutando sua música favorita:

SOMEWHERE OVER THE RAINBOW
WAY UP HIGH
THERE'S A LAND THAT I HEARD OF ONCE IN A LULLABY
SOMEWHERE OVER THE RAINBOW
SKIES ARE BLUE
AND THE DREAMS THAT YOU DARE TO DREAM
REALLY DO COME TRUE

De repente, Paco sumiu. Evaporou. Seu corpo não estava mais ali, e suas roupas ficaram no chão. Ele não estava mais na Terra e foi transladado para um outro plano, outra dimensão. Paco viu coisas inefáveis. Olho nenhum viu, ouvido nenhum ouviu, mente nenhuma imaginou.

Ouviu-se uma tremenda gritaria dos vizinhos:

"Socorro! Meu filho desapareceu!" gritava a sua vizinha.

"Onde foi parar a minha esposa?" indagou um homem que caminhava pela rua.

Milhões de pessoas misteriosamente desapareceram. No rádio, diziam que foi uma nova peste, mais letal que a primeira, outros diziam que as pessoas foram capturadas por ETs.

Os que ficaram foram às ruas e saquearam os estabelecimentos que os donos já não estavam mais presentes. A desordem foi em quantidade muito maior que qualquer protesto. Reportagens foram feitas sobre o acontecimento, e os jornalistas investigadores viram que as pessoas que acreditavam e viviam o que estava escrito no Livro da Capa Preta as que sumiram. Começaram a ler o livro banido para entender o que havia acontecido e concluiriam que o que aconteceu foi o arrebatamento, mesmo assim não acreditavam.

Houve um pronunciamento em cadeia internacional onde um dos líderes de um dos países árabes—Mohammed—recomendava que o mundo juntasse forças para combater esse inimigo invisível. Era o sonho de todo Globalista que o mundo tivesse um só líder, assim todos seriam tradados de forma igual e não haveria injustiça social.

Já que todos os países estavam sob o governo do regime vermelho, foi fácil convencer os demais líderes e, Mohammad virou uma espécie de Primeiro-Ministro do planeta Terra. Ele prometeu tempos de paz e foi assim pelos primeiros três anos e meio. Prometeu também o povo hebreu de que iria construir o terceiro templo na Terra Prometida, no local onde havia uma mesquita. Todos acreditaram na bondade do homem.

Logo depois, deu o deu início à grande tribulação, tempos sombrios como nunca visto onde os que ficaram

4ª INSTÂNCIA

e criam no Livro da Capa Preta foram perseguidos por três anos e meio. Grandes terremotos, chuva de meteoros, e manifestações demoníacas ocorreram por todo planta. Um terço do planeta foi dizimado.

Devido à escassez de comida, Mohammed recomendou que todos implantassem um chip em suas mãos para que cada um pudesse comer a sua ração e que não faltasse comida para ninguém. Aos que ficaram que acreditavam no Livro da Capa Preta, tiveram que correr e se esconder nas montanhas, pois implantar o chip seria um ato de blasfêmia e não nunca seriam perdoados.

Ao final dos sete anos, quando templo foi construído, Mohammed, o abominável da desolação, sacrificou um porco, animal considerado impuro para os hebreus, e assentou no trono do templo. Ele se revelou ser a besta— o Anticristo.

Quando isso aconteceu, em um piscar de olhos uma trombeta soou dos céus. E veio um homem sentado no seu cavalo branco ao lado de miríades e miríades de seres celestiais. Era a vindima do Ungido. Ele veio para pelear a última batalha—O Armagedon. O Ungido destruiu o Anticristo com um sopro. E começou o julgamento das nações.

Logo depois de separar as ovelhas dos bodes, o reino milenar foi instaurado e por mil anos aqueles que serviram ao Ungido durantes a suas vidas e cumpriram o seu propósito reinaram com ele. A tão cobiçada democracia não chegava nem aos pés do reino.

No fim dos mil anos, antes da eternidade, aconteceu o Julgamento do Grande Trono Branco. Lá estavam todos aqueles que não se arrependeram e não creram no Ungido. Eles já estavam no inferno, porém ainda tinham que ser julgados.

Grandes e pequenos pecadores, dos maiores ditadores aos ateus de bom caráter. Quase todos Justiceiros, muitos membros da Seita, vários Todes, e alguns da crentolândia compareceram diante daquele que estava assentado no trono.

Nine estava na fila para comparecer diante do Juiz. Xandão também, porém não podiam se comunicar. Era a vez de Nine comparecer diante de trono, sozinho. Dessa vez não ia ter ajuda dos Justiceiros, mídia e empresas de pesquisa. Seu poder político, dinheiro roubado e sua influência já de nada valiam nesse tribunal. Seres celestiais o pegavam pelos braços e o arrastaram diante daquele que estava assentado no trono. Rogava para que uma montanha caísse sobre ele.

O Juiz que estava assentado do trono parecia com o Ungido e ele abriu um livro—o Livro da Vida. Viu que o nome de Nine não estava escrito nele. E o Juiz, esse sim era perfeitamente justo, julgou Nine por tudo que eles fizeram durante a sua vida e o sentenciou não de acordo com o código penal ou Constituição, mas com base no Livro da Vida.

O Julgamento do Grande Trono Branco era a 4ª instância. O Juiz não era um Justiceiro que pudesse ser subornado. As Leis do Livro da Capa Preta não poderiam ser interpretadas de outro ponto de vista. Prisão domiciliar e tornozeleira eletrônica não eram opções. Muito menos propina. Para não passar por tudo isso, só bastava ter se arrependido dos seus pecados em

4ª INSTÂNCIA

vida e entregue a sua vida ao Ungido. Assim não estaria diante do Grande Trono Branco. A vontade do Ungido era de que todos fossem salvos, mas o coração de alguns era muito duro. Nine, porém, não se arrependeu, viveu uma vida de mentira onde enganou milhões de pessoas de sua Seita. Seus súditos acreditavam em suas mentiras, todavia aquele que estava assentado no trono conseguia ver as reais intenções de seu coração.

E a sentença foi dada: o Lago de Fogo que queimava dia e noite e cheirava enxofre para sempre.

Seres celestiais arrastaram Nine pelo braço. Ouvia-se choro e ranger de dentes de Xandão, dos Justiceiros e dos membros da Seita que eram os próximos. Todos eles blasfemavam o nome do Ungido enquanto os seres celestiais os jogaram de um penhasco, junto com o inferno e a morte. Todos eles queimaram no Lago de Fogo, onde o fogo nunca se apaga, por toda eternidade.

FIM

SOBRE O AUTOR

Nascido em Belo Horizonte, MG, Matheus Marcilio imigrou para a cidade de Boca Raton, na Flórida, em 2001, junto com seus pais e irmãos ainda adolescente, em busca de uma vida melhor. Trabalhando na área de tecnologia, tirou uma licença de paternidade de três meses em 2022, logo após o nascimento de seu filho, Carter, quando ainda morava em Charlotte, na Carolina do Norte.

Foi nesse período que encontrou inspiração para escrever este livro. Nos dois primeiros meses, relutou consigo mesmo em não escrever o livro, pois tinha que dedicar seu tempo livre a apoiar a sua esposa, Gabriela Marcilio, e a seu filho recém-nascido. No entanto, no terceiro mês, sentiu que tinha tanta informação dentro de si que tinha que ser escrita em algum lugar. Ele queria escrever este livro também para manter viva a imagem de seu saudoso pai no imaginário de seus filhos.

A narrativa assume em forma de ficção, capturando não apenas a essência de seu pai, mas também o transformando em personagem principal diante dos momentos desafiadores pelos quais o Brasil estava passando, em forma de uma distopia apocalíptica.

Matheus é autor do livro HARD JESUS, em inglês, seu segundo livro escrito e o primeiro a ser publicado. Atualmente, ele segue escrevendo novos livros e é líder células na igreja Videira, no sul da Flórida.

VAMOS CONECTAR

Perguntas? Preocupaзxes? Reclamaзxes?

Envie uma mensagem pro meu Instagram

@mattmarcilio

AJUDE PROMOVER

Por favor, poste uma foto do livro nos seus Stories e me marque @mattmarcilio para que possa alcançar mais pessoas.

Também deixe uma avaliação na Amazon.

www.ingramcontent.com/pod-product-compliance
Ingram Content Group UK Ltd.
Pitfield, Milton Keynes, MK11 3LW, UK
UKHW040738200225
455358UK00004B/143